OUTRA FORMA DE AMOR

"Cachorro gato" membros da família multiespécie

MAMEDE DE ALCÂNTARA

OUTRA FORMA DE AMOR

"Cachorro gato"
membros da família multiespécie

EDITORA
Labrador

Copyright © 2023 de Mamede de Alcântara
Todos os direitos desta edição reservados à Editora Labrador.

Coordenação editorial
Pamela Oliveira

Preparação de texto
Júlia Nejelschi

Assistência editorial
Leticia Oliveira

Revisão
Andresa Vidal

Projeto gráfico, diagramação e capa
Amanda Chagas

Imagens de capa
Freepik

Dados Internacionais de Catalogação na Publicação (CIP)
Jéssica de Oliveira Molinari - CRB-8/9852

Alcântara, Mamede de
  Outra forma de amor : cachorro, gato, membros da família multiespécie / Mamede de Alcântara. — São Paulo : Labrador, 2023.
  144 p.

ISBN 978-65-5625-331-2

1. Animais de estimação 2. Família I. Título

23-1432 CDD 590

Índice para catálogo sistemático:
1. Animais de estimação

Editora Labrador
Diretor editorial: Daniel Pinsky
Rua Dr. José Elias, 520 — Alto da Lapa
05083-030 — São Paulo/SP
+55 (11) 3641-7446
contato@editoralabrador.com.br
www.editoralabrador.com.br
facebook.com/editoralabrador
instagram.com/editoralabrador

A reprodução de qualquer parte desta obra é ilegal e configura uma apropriação indevida dos direitos intelectuais e patrimoniais do autor. A editora não é responsável pelo conteúdo deste livro. O autor conhece os fatos narrados, pelos quais é responsável, assim como se responsabiliza pelos juízos emitidos.

AGRADECIMENTOS

À evolução de nossa família, antes tradicional, por fim, "multiespécie". Nossa gratidão à filha Andréa, que foi a fonte de inspiração da publicação desta obra, inclusive contribuindo com alguns textos. A todos que cederam seus álbuns de fotos. À esposa, Cristina Alcântara, incluindo sua nudez com o filho Príncipe Algodão. A esses integrantes minha gratidão.

A insuportável dor do luto, dividida com Andréa e Andrei, que também tiveram perdas, proporcionou momentos de conforto mútuo, meus agradecimentos a esses momentos.

A Elisabeth Michels, cunhada, agradeço pela leitura de parte dos textos e pelas opiniões que ajudaram a aprimorar esta obra. A Ana Caroline F. Bueno (revisora da Divina) em sua crítica literária. A Fátima Elias, a seus filhos, Marina Brasileiro, pela imagem cedida, com elas em frente à casa de Deus, e ao Marcelo Brasileiro, autor da foto.

À Editora Labrador, cuja logomarca tem identidade com o tema, pela edição contratada e pelo aperfeiçoamento à obra, meu agradecimento.

SUMÁRIO

Introdução	9
Apresentação	11
1. A bica	13
2. A moral do elefante	15
3. Mentalidade prisioneira do barco da lagoa	17
4. O mal ao qual se acostuma	18
5. Da boca, ânus e genitais tira-se a alma do homem	21
6. A família tradicional e a família de homens e humanoides	23
7. Herdeiros da comédia e quem herda a crucificação	25
8. Altruísmo, hospitalidade, consciliência e ciência na saúde	27
9. Amor Eros cria a "hora do lobo", mas quem vê chifres na cabeça de cavalo é o homem, não o lobo	29
10. Casamento e amor fora das regras incomodam o rebanho	32
11. O que se destaca na torre?	34
12. Sem desafiar a cognição, os idiomas não teriam nascido	36
13. O que nos guia?	39
14. A perspectiva selvagem, e a da paz e do amor urbanos, atravancada pelas regras do rebanho	41
15. Poder, abandono, salvamento e as voltas que a vida dá	44
16. Trabalho voluntário são "seios nus", que acolhem sem recursos	45
17. De dez em dez se dá o milagre da "égide compliance cachorro gato"	48
18. O amor à propriedade cria sua proteção	50
19. Nem tanto ao céu nem tanto à terra, mas entre um e outro, seu mundo	52
20. Só o propósito impediria a crucificação	54
21. Forma não se aprisiona à fôrma (o rebanho)	56
22. De sutiã, confinada na solitária do que o outro pensa	59
23. Regulamentação pet: companheiro na Alemanha	61
24. O que fazer com a vida nua?	63
25. Algumas consciências da abordagem	65

26. Breve história de São Paulo: da traição e crueldade animal ao socorro de cães e gatos ——————————————————— **68**

27. *Day Care*, creches ou hotéis de pet – com empatia de família substituta ———————————————————————— **70**

28. A adoção: pôr o verão na vida de quem vive sob a tempestade ———————————————————————————— **74**

29. Quem é quem: cachorro ou cadela? Não é o cachorro. Nem a cadela ————————————————————————————— **76**

30. A gratidão se mostra em quem é homenageado ———————— **78**

31. Fora do rebanho, vê os pontos cegos no rebanho que o impedem de ver a cadeira de Deus vaga ——————————— **81**

32. A senhora de si: a cabeça que não sabe usar a si mesma cria sua sentença ——————————————————————————— **84**

33. O seio bom fez o casamento do livro e da caneta ————— **86**

34. Horas nebulosas do indefeso são pontos cegos em quem o abandona ————————————————————————————————— **88**

35. O aprendiz, Luís XIV, Henrique III, Eduardo III, o palácio multiespécie ————————————————————————————————— **91**

36. Símbolos da paz ——————————————————————————————— **97**

37. Tração animal na carruagem, com história contada em Bruges, na Bélgica ————————————————————————————— **100**

38. A fonte mudou, mas sua água já se foi —————————————— **103**

39. Rorschach deixa Magda nua ————————————————————————— **105**

40. O cão visto pela literatura, mitologia, arte e ciência ——— **107**

41. A Eva gata ———————————————————————————————————— **109**

42. Bastet, a deusa dos gatos ——————————————————————————— **112**

43. Boa companhia: "cachorra", "gata" e o "balaio" econômico — **114**

44. Consciências de nova família e a dor do luto precoce ——— **117**

45. A troca do prazer oral – nocivo aos animais –, pelo prazer, de mãe natural ————————————————————————————————— **123**

46. Luto com crepúsculo ———————————————————————————— **126**

47. A finitude do transitório dá-se a quem é vivo ————————— **128**

48. Pôr do sol "sem aviso" ————————————————————————————— **130**

49. Olhos-sol —— **139**

INTRODUÇÃO

Nas palavras da antropóloga Margaret Mead (1901-1978): "Ajudar alguém durante a dificuldade é onde a civilização começa"[1].

Para Margaret Mead, o sinal de civilidade em uma cultura — em vez de anzóis, panelas de barro ou pedra de amolar — era um fêmur (osso da coxa) quebrado e cicatrizado, em oposição ao reino animal, onde, sem assistência, o indivíduo que quebrar a perna, morre, visto que não tem como fugir do perigo, providenciar alimento e água. A cicatrização do osso quebrado, que demanda tempo, é a prova de que houve proteção[2].

Na boa acolhida, a civilidade e a hospitalidade revelam o "seio bom", mas sem métodos de fazer secar o "seio mau". Civilizar o homem em relação à natureza e aos animais tem sua fonte mais nas coincidências de significados do que na natureza humana.

A intimidade com o cachorro e o gato nos conduziu à empatia com eles, não só por nos encantarmos por eles, mas pela peculiaridade de se pôr debaixo de sua pele. E pelo caráter produzido no homem, para a sua relação, com outros homens pelo etnocentrismo, tribos melhores e piores; e o antropocentrismo, o homem no centro, com a natureza e os animais servindo-o, distingue tribos. Do meu cachorro, eu cuido. O de rua, eu chuto. Assim como a amizade brotada naturalmente dos filhos é muitas vezes abortada quando alguém proíbe essa espontaneidade com crianças pobres.

---

1 BRAINLY. A trilha é sua, coloque a mão na massa. Disponível em: https://brainly.com.br/tarefa/40928038. Acessado em: 2 de março de 2023.

2 VIDA SIMPLES. Ajudar é um ato de civilização. Disponível em: https://vidasimples.co/podcast/ajudar-e-um-ato-de-civilizacao-autorretrato. Acessado em: 2 de março de 2023.

A "família multiespécie", com membros humanos e, por adoção, membros de outras espécies animais, é projeção dos primeiros para os últimos. Com o avanço da civilidade fora da família, dispõe de imagens sociais urbanas. Nos dias atuais, em que a tração animal foi trocada pelo volante, as populações de cachorros e gatos de rua ganham abrigo, hospital veterinário, Samu.

Um reconhecimento abstratamente do "seio mau" esvaindo-se, cedendo lugar ao "seio bom". Os seios, mais que parte do corpo, simbolizam e se integram à *análysis* (do grego), dissolução, processo de separar as partes fragmentadas, reagrupá-las em novas composições e conteúdos emotivos. Textos, fotografias, imagens da arte, edificações, carruagens/tração animal, mitologia e o próprio homem, viagem de volta até as capturas dos atuais cachorro e gato pelo ancestral humano, na fonte ainda "Evas" das espécies caninas e felinas em épocas distintas fazem desta obra uma breve história da humanidade em sua relação com os animais. Desde onde ela partiu, de lá para cá, as seleções artificiais e consequentes raças, com as novas estéticas conhecidas hoje.

Nas três últimas décadas, que compreendem o final do século passado e o início deste, deu-se a demanda do petshismo; os brinquedos vivos da felicidade, com o cachorro e o gato. Um marco da porta de casa para fora ao acessar a intimidade da casa. Com eles a esgueirar, relaxar, cochilar sobre tapetes, sofás e até dormir na mesma cama. Ao bicho de estimação é projetado o sentimento de membro da família. Em países como o Brasil, vemos surgir a demanda de hospedagens, como uma "família substituta", contratada, para cuidar deles quando a família original se ausenta.

APRESENTAÇÃO

Outra forma de amor: cachorro, gato, membros da família multiespécie restringe a característica peculiar de uma parte dos seres humanos, embora atinja ordem de grandeza com logística no mundo.

O integrante de outra espécie, como membro da família humana, torna-a multiespécie; e os membros não humanos adquirem significado simbólico intermediário de membro humanoide — não é humano, mas não é visto como bicho, pela projeção emotiva deslocada de membro da família. Isso não se confunde com o fato de ter um cachorro ou gato em sua casa, mas como os vê, sente e os cuida. Não é mais visão de rebanho.

Arthur Schopenhauer (1788-1860), filósofo alemão que influenciou de Nietzsche a Sigmund Freud, afirmou que: "O que o rebanho mais odeia é aquele que pensa de forma diferente, não é tanto a própria opinião, mas a audácia de querer pensar por si mesmo, algo que eles não sabem fazer"[3].

Torna-se insuportável ao rebanho a verdade que o faria ver em si mesmo uma cópia saída de uma impressora. Cópia essa que se acostuma com a vítima que é, bem como com o mal que o pratica, fazendo vítimas. Ainda assim tem seu caráter, ele é o senhor de si: sua cabeça e o que dela entorna não são iguais, ainda que sejam cara de um, focinho do outro.

Num pequeno acidente de trânsito, o que emerge do caráter de cada um: resolve-se o problema com diálogo, discernimento; ou faz deste problema outro ainda maior, com agressão verbal,

---

3 ANTICOLETIVISTA. O que o rebanho mais odeia é aquele que pensa de forma [...]. Twitter: @anticoletivista. Disponível em: https://twitter.com/anticoletivista/status/1299144618672521216. Acessado em: 11 dez. 2022.

física, assassinato. E que é o caso de quem abandona ou não os pets, diante das mesmas circunstâncias.

Uma fábula de autoria desconhecida, adaptada para descrever o caráter: ao andar com sua xícara de café quente, inopinada ou propositadamente, alguém lhe esbarra, e o café é entornado, queimando-lhe. Por que ele derramou café quente? Se a resposta for por que nela havia café quente, está certa, mas se pelo fato de ter acontecido o esbarrão, a resposta está errada. Houve o esbarrão, porém, como se comporta, revela o caráter.

Num esbarrão no trânsito de veículos, a emoção é um elefante, os envolvidos são sábios, porém, cegos. Para o que apalpa o saco do elefante, ele é a sua verdade, para o que apalpa o seu ânus, sua verdade é o ânus. O saco ou o ânus são as verdades ortodoxas respectivas de cada lado.

1. A BICA

As imagens falam mais do que palavras, e estas são as imagens da "família multiespécie".

Figura 1: Álbum de Foto: Andréa Michels Alcântara. (A) Da esquerda para direita: Mamede, Cristina, Andrei, Andréa, André, Fabiana e sua filha Beatriz. No colo, a Princesa (Pinka) e o Príncipe Algodão. (B) Da esquerda para direita: Andréa, com Morgana e Maria Clara no colo, Andrei, com Óreo, os três filhos humanoides do casal. (C e D) Da esquerda para direita: Mamede com o Algodão, e Cristina brincando com a Pinka. (E) Cristina com o Algodão, e o Mamede beijando a Pinka. (F) Andréa com os irmãos felinos, Algodão e Pinka. (G) André com sua irmã gata, a Pinka.

A "bica", concretamente, é o caminho dado às águas brotadas da fonte. Desse significante concreto se extraiu o reconhecimento abstrato, na relação com o cachorro e o gato, de como se chegou à "família multiespécie".

Remanescem as essências de cada integrante da nova família: raças, características físicas, a peculiaridade da propriedade mental adquirida pelo humano, com a qual ele constrói sua identidade, a começar pela vestimenta que longinquamente inventou.

Entre os seres humanos, as "classes sociais" são reveladas: desde a coroa do rei ou da rainha até a faixa presidencial (casos específicos). Nesse universo, não apenas se veste a roupa, pelo que se veste se distinguem posições de existir. Sobe o amor, desce a importância do que se veste. Entre amantes, na nudez se dá o encontro.

A família multiespécie é composta por membros que não valorizam o código da roupa, mas a emoção de entrar numa caixa de papelão, como o gato. Os membros humanos usam roupa. Se a visão de família não for só retórica, o amor não é mercadológico. Retórica é convencimento sem se comprometer com a verdade. Contudo a própria verdade pode ser apenas aquilo que é conveniente.

Reparentalizados, o cachorro e o gato não são mais bichos, transformam-se em humanoides. E os membros humanos se despem simbolicamente para entrar no mundo deles e fazer *rapport* (do francês, empatia), com eles.

O simbólico da bica não significa nem as águas saídas da fonte nem as terras por onde elas correm, mas o sentido e diretriz que se dão. Do amor brotado e do qual se cuida.

2. A MORAL DO ELEFANTE

A moral do elefante é uma lenda de autoria desconhecida que fala de sete sábios. Lendas e mitos, mesmo sem apresentar autoria, dispõem, majoritariamente, do enredo do cotidiano das piadas contadas. E dispor de suas utilidades, pela pedagogia de suas mentiras, é a arte e a contação de suas verdades. Tendo em vista a discussão de ideias, sem mentalidade prisioneira de barco de lagoa em seu curto espaço de manobra, ela se transforma em águas correntes.

Os sete sábios tinham algo em comum: eram cegos e davam conselhos a quem os procurava. E havia entre eles uma competição acirrada: um tentava se sobressair mais que o outro. Certo dia, após um debate estressante sobre a verdade, a começar pela ilusão de que, ao serem cegos, no mecanismo de compensação, eram forçados a ouvir mais, expõe o sétimo sábio. Porém, pelo jogo de quem é dono da verdade, ele disse: "cansei disso", e decidiu ir para uma caverna nas montanhas.

Surge, então, na cidade, um comerciante montado em um belo elefante africano. Devido ao ineditismo do acontecimento, todos os moradores da cidade saíram na rua para apreciar o animal, e os sábios cegos rodearam-no, com suas deficiências visuais, precisaram apalpá-lo.

Disse o primeiro sábio ao tocar a barriga do elefante: "É parecido com uma parede". O segundo sábio tocou suas presas e corrigiu o primeiro: "É parecido com uma lança". O terceiro sábio tocou e segurou a tromba: "É parecido com uma cobra". O quarto acariciou o joelho do animal: "É parecido com uma árvore". O quinto sábio, ao apalpar as orelhas do elefante, falou: "É parecido com leque". O sexto, já irritado, disse: "Vocês todos estão errados! Ele se parece com uma corda", tocando a cauda do animal. Desse modo, deu-se uma competição, até que o sétimo sábio desceu das montanhas, guiado por uma criança, e, ao ouvir a alvoroçada discussão, pediu ao menino para desenhar no chão a figura do elefante. Ao tatear os contornos do desenho, percebeu que todos os sábios estavam "certos" e "iludidos" ao mesmo tempo. Então, disse: "É assim que se comportam diante da verdade: pegam apenas uma parte e acham que é o todo".

A mente que se fecha é água fora do rio.

3. MENTALIDADE PRISIONEIRA DO BARCO DA LAGOA

Na lagoa, só a chuva troca suas águas, assim a natureza conspira em sua fluência sem controle. Tendo em vista que ela é maior do que nós, cabe a nós mudarmos para entendê-la, e não ela para nos entender.

Como afirmou o pensador da dialética Heráclito de Éfeso (540-470 a.C.): "Nada fica estático, tudo se move, tudo muda. O rio muda a cada segundo, do mesmo modo que a pessoa muda a cada segundo, sendo assim, uma mesma pessoa não pode entrar duas vezes no mesmo rio, pois tanto ela quanto o rio já não são mais os mesmos no instante após o primeiro banho"[4].

A inteligência do ser humano, como sente e pensa, no passado, mais do que nunca foi prisioneira de uma lagoa, precisando o homem se manobrar somente em seu espaço.

Para sairmos do sistema geocêntrico, a Terra como centro do Universo, essa mentalidade prisioneira da lagoa, pagaram caro Nicolau Copérnico (1473-1543), ao considerar o Sol como centro do Universo e que os demais sistemas giram em torno dele, e, mais adiante, Galileu Galilei (1564-1642), pai do método científico e da ciência moderna.

Essa foi a solitária onde se confinava a sociedade, e a esse mal sofrido o homem se acostumou, no curral como rebanho. Pular a cerca fez-se ato heroico.

---

4 BRASIL ESCOLA. *Heráclito*. Disponível em: https://brasilescola.uol.com.br/filosofia/heraclito.htm. Acessado em: 11 dez. 2022.

4. O MAL AO QUAL SE ACOSTUMA

"O pior mal é aquele ao qual nos acostumamos", Jean-Paul Sartre, filósofo, escritor e crítico francês[5].

O mal com que se acostuma tem sua grandeza quantitativa na dosagem, assim como o mau colesterol. A grandeza da alma é fazer o bem. Na discussão da verdade, a questão é o que é o bem ou o mal que se faz.

No livro *The case for animal rights*[6] [O caso dos direitos dos animais], Tom Regan, conceituado professor de filosofia moral, da Universidade da Carolina do Norte, em Raleigh, nos Estados Unidos, afirma que o direito à vida é universal. E corrobora a seguinte formulação: "Todos os animais nascem iguais perante a vida e têm os mesmos direitos à existência"[7].

Carl Rogers (1902-1987), psicólogo estadunidense, em seu livro *Tornar-se pessoa*, afirma que não se nasce pessoa, torna-se. E o ponto relevante é a empatia de se pôr debaixo da pele do outro. Hoje em dia, um contingente de humanos, com logística no mundo, divide suas vidas com o cachorro e o gato bem como sangra, sente-se debaixo da pele daqueles que vivem ao deus-dará.

Torna-se pessoa, ainda mais ao se colocar na pele e sangrar com seu sangramento sem importar quem. Todavia, tudo dispõe de uma evolução para se tornar melhor. Com o cachorro e o gato,

---

5 MENSAGEM ONLINE. *O pior mal é aquele ao qual nos acostumamos*. Disponível em: https://mensagem.online/307490-o-pior-mal-e-aquele-ao-qual-nos-acostumamos. Acessado em: 11 dez. 2022.

6 REGAN, Tom. *The case for animal rights*. Berkeley: University of California Press, 1983.

7 FIOCRUZ. *Declaração universal dos direitos dos animais*. Disponível em: http://www.fiocruz.br/biosseguranca/Bis/infantil/direitoanimais.htm. Acessado em: 11 dez. 2022.

a partir do final do século XX, deu-se o fragmento histórico indelével, na relação do homem com eles em que da relação de trocas extraiu novos sentimentos e pensamentos afetando a forma de vê-los e se torna outra forma de amor: cachorro e gato, membros da família multiespécie. Antes, porém, ela se inicia com formulação de petshismo, kit de brinquedos vivos da felicidade. De lá para cá, os pets, em países como o Brasil e os Estados Unidos ganham visibilidade nessa nova forma de amor atingida.

No festival da carne do cão, na China, em Yulin, na província de Guangxi, cães são esfolados com maçaricos, no final de cada mês de junho. Em províncias do sul da China, come-se de tudo, desde gafanhotos, escorpiões, estrelas-do-mar, até casulos de bicho-da-seda, ratos selvagens, cobras, gatos e cachorros.

Para Friedrich Nietzsche, a arte destrói a realidade. No Rio de Janeiro, no final da década de 1950, depois da Segunda Guerra Mundial, nasceu o neoconcretismo, movimento que envolveu artes visuais e literatura. José Ribamar Ferreira, conhecido como Ferreira Gullar, integrou esse movimento em que a vida não se basta sem arte. Com fome, no entanto, a arte perde seu sentido. Jacques Lacan, médico e psicanalista francês, formulou a sublimação do homem em correr atrás de sua satisfação substituída por algo primitivo. Sigmund Freud, médico criador da psicanálise, formulou a sublimação como mecânica de ordem mental quando um indivíduo libera tensões, reorienta angústias e se conduz a outro plano com bem-estar.

A necessidade de saciar a fome vem antes da sexual. Coletivamente, a pulsão sexual — essência do organismo —, com a vida ameaçada pela fome, cria uma compensação para atender ao interesse coletivo. Na China, embora mudanças venham ocorrendo, até por volta dos 23 anos de idade, o sexo é reprimido a ponto de o adulto que assiste a filmes eróticos ser denunciado e sofrer penalidade. E, apesar de o tempo afetar

casas comerciais de se manterem abertas, o restaurante Guolizhuang, em Pequim, com o prato da casa (em sua pluralidade de pênis: cão, cavalo, jumento, touro, búfalo, cobra, cervo ou foca como afrodisíaco sexual), procura destravar o recalque sexual dos clientes. A visão da boca como talher de acesso aos genitais é do próprio chinês.

A raiva, diante de um obstáculo, é emoção autêntica, porém desconfortável. O chinês, sem obstáculo e desconforto, fala aos berros porque gosta. Em seus pratos, com a iguaria dos genitais, faz deles seu talher. Compensa seu recalque sexual.

Nada se perde, mas, sim, transforma-se, a perda de visão em um olho é deslocada para o outro enxergar mais. "Tudo se transforma" se fez expressão conhecida da química por Antoine Lavoisier (nascido em 1743 e guilhotinado em 8 de maio de 1974, em Paris), que viveu na época em que começava a Revolução Francesa. Sua morte nos faz refletir sobre como se leva muito tempo para construir um sábio e frações de segundos para acabar com sua vida. Outra reflexão: o incêndio destrói a biblioteca, mas o saber publicado permanece, pois os livros podem ser reimpressos.

Águas saídas de uma fonte num plural de canos: ao entupir um, aumenta a pressão nos demais. O canal do sexo entupido desvia sua energia para o canal da violência. O sexo no homem, dependendo da fase da vida, fala alto. Recalcado, é represa que quando arrebenta produz estragos. E os animais indefesos, como o cachorro e o gato, arcam com as consequências com o recalque sexual do homem.

5. DA BOCA, ÂNUS E GENITAIS TIRA-SE A ALMA DO HOMEM

O pai da psicanálise, Sigmund Freud, em sua teoria baseada nas fases nomeadas como oral, anal, genital ou fálica, faz da boca, ânus e genitais os tijolos da alma.

Pela boca se dá a experiência do bebê com o meio externo, a fonte onde tudo começa. Ao experimentar o uso funcional do ânus, na fixação emotiva, outra fonte. Depois, os genitais descobertos, não só funcionalmente, mas como fonte de prazer. A boca é porta de entrada, já o ânus é saída de excremento fecal, bem como anfitrião do pênis com manifestação de ordem emotiva, assim como o beijo e o sexo oral. Nos genitais se acumulam a saída da urina, a relação sexual, pela qual se dá a fecundação. Na fase precoce do integrante humano, há a descoberta da identidade pelos genitais (pênis ou vagina).

A fixação emotiva nessas fases precoces conduz o indivíduo, na vida futura, a comer e a ingerir álcool com toxidade emotiva, sendo nocivo à sua saúde. A fixação na fase anal, quando se treina para a saída do excremento fecal, faz a alma somática, em que exagera e distorce a visão dos fatos, potencializa o corpo a adoecer somaticamente. A fixação na fase genital conduz a relações sexuais desenfreadas.

Sem perspectiva de entender o mal da alma, mas a natureza da reprodução a partir do avanço de estudos, em 1980 Robin Baker conclui: "No mundo inteiro foi calculado a partir de estudo de grupos sanguíneos que cerca de 10% das crianças na verdade não foram geradas pelos homens que pensam ser os pais delas". Mais adiante, o autor cita outro índice com pais que recorreram ao teste de paternidade (DNA), na tentativa de esquiva da pensão compulsória com a ex-mulher, "em âmbito internacional, os institutos de apoio às crianças reportam um índice de não paternidade da ordem de aproximadamente 15%"[8].

Nos estudos da reprodução, a natureza conduz a esparrar espermas e a dispor do maior número de fecundações. Mas o que a ciência da biologia aprova, as convenções proíbem.

Esquivam da fecundação, não do jogo da competição, ao imaginar a indignação do traído, o amante sente a relação sexual duplamente prazerosa.

Baker continua: "Ao escolher um ou mais homens com quem vai dividir sua vida, a mulher tem dois pontos principais a considerar. De um lado, ela precisa de um homem que possa ajudá-la a criar seus filhos. De outro, ela precisa de genes que, combinados com os dela, produzirão crianças atraentes, férteis e bem-sucedidas". A chance de homens serem enganados aumenta à medida que têm menos dinheiro e status. Segundo o autor, "1% no topo da pirâmide da Suíça e dos Estados Unidos, passando por 5 a 6% entre os homens de status mediano na Inglaterra e nos EUA, até 10 a 30% nos homens de menor status na Inglaterra, França e nos Estados Unidos"[9].

As facetas ocultas, sejam avaliadas pela exigência da reprodução ou da alma construída, são peculiaridades humanas, e não radiografadas. O amor incondicional descoberto pelo cachorro ao homem, assim como o gato ao homem, afetou o homem e seu ápice de afetação é a família multiespécie.

---

8 BAKER, Robin. *Guerra de esperma*. Rio de Janeiro: Record, 1997, p. 83.
9 Idem, p. 163-165.

6. A FAMÍLIA TRADICIONAL E A FAMÍLIA DE HOMENS E HUMANOIDES

Da porta da casa para fora e ao acessar a sua intimidade, demarcaram mudança de mentalidade do homem na relação com o cachorro e o gato. A intimidade influenciou sentimentos, com os quais se passou a ver o cachorro e o gato como membros da família. E a casa passa a denotar a pátria deles, pela proteção recebida no mesmo solo telúrico.

Adolfo Correia da Rocha, conhecido como Miguel Torga, um dos mais influentes poetas e escritores portugueses do século XX, dá o tom poético à descrição de pátria, de terra paterna: espaço telúrico onde se compartilha moral, cultura, afeto etc., e cada patriota natural se cumpre humana e civicamente. Nela, o instinto sossega, a respiração é plena, o passado tem sentido, e o presente tem futuro.

O homem sai da selva e migra para a cidade que ele constrói (do latim, *civita*, que designa "cidade"). Surgem a pintura, os musicais, a poesia e a literatura. Esta última produz clássicos universais como *Ilíada*, atribuída a Homero, que narra parte do último ano da Guerra de Troia, iniciada quando Helena, a mulher mais bela do mundo, é levada, ou vai por vontade própria, para Troia, deixando sua família. Outra figura central da epopeia é Aquiles, o guerreiro que, em seu batismo, fez-se um ser invulnerável, exceto no seu calcanhar, por onde sua mãe o segurou para mergulhá-lo no rio Estige – dessa vulnerabilidade surgiu a expressão "calcanhar de Aquiles", o lugar não protegido. É a literatura produzindo memórias: "Os olhos da nossa memória veem melhor que os nossos", frase com letras grandes na parede de uma das estações de trem em Lisboa, Portugal, sem identificação de autoria, assim como em uma piada que se conta, passada adiante.

A migração do cachorro e do gato para a casa do homem faz com que passem a dividir esse solo telúrico como membro da família, eles não são naturais da espécie humana, mas se tornam humanoides e a casa se transforma na pátria deles.

7. HERDEIROS DA COMÉDIA E QUEM HERDA A CRUCIFICAÇÃO

Na comédia e na tragédia, os gregos foram esmerados arquitetos das dramatizações da arte de fingir ser o que não se é na comédia, na arte cênica e no humor. A tragédia, na Grécia Antiga, é a peça em verso em que figuram personagens ilustres e heroicos.

Os heróis usam da retórica — a eloquência como arte — para convencer sem se comprometer com a verdade. E essa identidade é tamanha no homem (de se investir nessa arte), que se embasa em um conjunto de regras mediado por técnica, conhecimento e aprendizagem envolvidos, transmitido do retor, aquele que ensina a arte da retórica, para o aluno. Essa é a peça em verso:

O canto de Ossanha
O homem que diz "dou"
Não dá!
Porque quem dá mesmo
Não diz!
O homem que diz "vou"
Não vai!
Porque quando foi
Já não quis!
O homem que diz "sou"
Não é!
[...]

O homem que diz "tô"
Não tá!
[...]
Coitado do homem que cai
No canto de Ossanha.

Canção lançada em agosto de 1966, pela gravadora Forma, com letra de Marcus Vinicius da Cruz de Mello Moraes e música de Baden Powell, "O canto de Ossanha" foi gravada por diversos artistas e se tornou um dos símbolos do sincretismo do Brasil, tendo sido considerada a nona melhor do Brasil no ranking de 2009[10].

Recorrendo à sátira, as populações de cachorro e gato ao deus-dará, assim como Cristo, caíram no canto de Ossanha.

O homem se faz herdeiro da comédia e da tragédia grega; sente, pensa e diz crer, ter fé, mas pode não passar de "xícara de pôr café" meio vazia.

Um homem fala e o outro o ouve, sem, no entanto, ter como radiografar a verdade. Desse modo, esse é o universo em que se pode mentir à beça. Mas sua obra o revela; com "mau seio", ter populações de cachorro e gato levadas à prisão perpétua do abandono até que sejam crucificados por fome, sede, doença, atropelamento, violência. Assim como Jesus Cristo, eles se tornam os herdeiros da crucificação.

---

[10] WIKIPÉDIA. *Canto de Ossanha*. Disponível em: https://pt.wikipedia.org/wiki/Canto_de_Ossanha. Acessado em: 11 dez. 2022.

8. ALTRUÍSMO, HOSPITALIDADE, CONSCILIÊNCIA E CIÊNCIA NA SAÚDE

Da consciência cotidiana: quase nada sobre quase tudo, todavia, ao unir conteúdos, analisá-los em seu conjunto, faz-se a semiologia de sinais que leva ao diagnóstico que embasa a ciência. Na jornada da médica alagoana Nise da Silveira, notabiliza-se uma situação em que uma cadela abandonada aparece no recinto em que havia pacientes e um deles pergunta se podia cuidar dela, descrição de altruísmo e hospitalidade do paciente. Desse ato não se beneficiou apenas a cadela, mas também a saúde mental do paciente. Segundo Nise da Silveira: "O que melhora o atendimento é o contato afetivo de uma pessoa com outra. O que cura é a alegria, o que cura é a falta de preconceito"[11].

Altruísmo é uma palavra que foi cunhada pelo filósofo francês Auguste Comte, que a define como manifestação da natureza instintiva que incita o ser humano a se preocupar com o outro, assim como a se preocupar com outros seres vivos não humanos.

Hoje, é conclusão da ciência o fato de que a interação do cachorro com os humanos libera hormônios em ambos — como a endorfina, que gera sensações boas e de relaxamento, e serotonina, que age como neurotransmissor de uma área do cérebro

---

11 CCMS. *Nise da Silveira: vida e obra*. Disponível em: http://www.ccms.saude.gov.br/nisedasilveira/frases.php. Acessado em: 11 dez. 2022,

para outra. Inversamente, a ausência desses hormônios potencializa a depressão e ansiedade, além de outros transtornos na saúde. Esse método terapêutico já é disseminado no Brasil. Nise da Silveira realizou oficinas terapêuticas com gatos e relatou seus benefícios à saúde dos pacientes[12].

O amor ao cachorro ou gato, quando é descoberto e se torna a fonte de novos sentimentos e pensamentos, muda vidas. O galã do cinema francês Alain Delon contou sobre um momento na infância com sua cadela, da raça Doberman, chamada Gala: "Um dia, eu gritei e bati nela. Ela se sentou e me olhou nos olhos. Vi que chorava. Foi quando entendi tudo, e agora, meus cachorros estão sempre sorrindo"[13].

Já adulto e astro do cinema, Delon usava casacos militares de modo a aquecer cães com frio que encontrava em seu caminho. Delon desenvolveu a hospitalidade de bancar vários abrigos para cães, bem como se tornou defensor deles.

Outro relato é de uma pessoa anônima que, quando ainda era criança, presenciou, num ambiente doméstico, um abate suíno. A vítima escapou sangrando, mas foi perseguida indefesamente. Porém, ao se colocar na pele da vítima, sangrou com ela. Tal como o galã Delon, essa coincidência significativa fez em sua vida a fonte de uma empatia animal; os defende e cuida bem deles.

---

12 SILVEIRA, Nise. *Gatos*: a emoção de lidar. 2.ed. Rio de Janeiro: Leo Christiano Editorial, 1998.

13 SÓ NOTÍCIA BOA. *Galã na juventude, Alain Delon dedica amor aos animais*. Disponível em: https://www.sonoticiaboa.com.br/2017/08/09/gala-na-juventude-alain-delon-dedica-amor-aos-animais. Acessado em: 11 dez. 2022.

9. AMOR EROS CRIA A "HORA DO LOBO", MAS QUEM VÊ CHIFRES NA CABEÇA DE CAVALO É O HOMEM, NÃO O LOBO

O lobo representa os não humanos, ele é um bicho. No entanto, quando o homem se vê no deserto da solidão, por haver criado o castelo de areia, e a frustração com ele ao desmoronar; essa é a hora em que há o uivo do lobo em seu deserto. A hora do lobo é uma expressão do cineasta sueco Ingmar Bergman, e a produção psicanalítica a tomou emprestada pela identidade com a hora da solidão nas madrugadas de cama vazia, e essas integram quem dá fim à vida. E esses são o conflito e a sanidade do homem em que as chaves de fenda não encontram o engate. Sem abordar a sanidade nem a loucura dos loucos dos hospícios, encontram o engate nos versos da música "Tá todo mundo louco", do cantor Silvio Brito.

> *Tá todo mundo louco! Oba!*
> *Tá todo mundo louco! Oba!*
> *Tá todo mundo louco! Oba!*
> *[...]*[14]

---

14 LETRAS. *Tá todo mundo louco*. Disponível em: https://www.letras.mus.br/silvio-brito/268053/. Acessado em: 11 dez. 2022.

São tênues os momentos musicais que engatam a leveza e a sensibilidade humana. Isso porque nossos buracos vazios são cavados sem ao menos percebermos como isso se dá.

Nas palavras de John Green: "Eu não acho que seja possível preencher um espaço vazio com aquilo que você perdeu. [...] Não acho que nossos pedaços perdidos caibam mais dentro da gente depois que eles se perdem"[15]. O teorema faz a mentira ficcionista que conta uma verdade, uma vez que os buracos cavados na alma são como casas anfitriãs de fantasmas.

Pais bem-intencionados, mas desestruturados, agem com violência emocional em uma circunstância ou são tóxicos, pelo quanto falam repetidamente, proíbem. E se por acaso a expectativa imposta não é atendida, na descoberta de um encontro inocente no despertar do amor Eros das filhas, ainda na fase de construção da identidade socializada, depois dos 11 anos de idade, a agressão emotiva que resulta no fim do namoro, faz-se nociva ao resultar num aborto, embora o sentimento remanesce vivo como o dedo que ainda coça a perna que foi amputada. De cada dez que dispõem de membros amputados, oito o sentem mexer ou coçar. Napoleão Bonaparte disse ao Papa Pio VII: "Todos os poderosos da Europa obedecem às minhas ordens, menos você, que recusa a minha amizade." O imperador francês confundia amizade com obediência. O pontífice lhe respondeu: "Vossa amizade é muito cara"[16]. O amor de pais que o confunde com subserviência descabidamente dos filhos e agem nocivamente ao não terem suas expectativas atendidas é o amor muito caro e tendo de pagá-lo.

Não se sabe a estatística de amores juvenis e adolescentes abortados que permanecem como a fantasia de como teria sido.

---

15 GREEN, John. *O teorema Katherine*. Rio de Janeiro: Intrínseca, 2013. p, 268.
16 SILVA, Deonísio da. *De onde vêm as palavras II*. São Paulo: Mandarim, 1998. p. 109.

Sem exorcizar esse fantasma, em sua gravidade, é como a hora do lobo[17].

O lobo com deserto sofrido é projeção do homem, tendo em vista que o lobo se adapta à própria condição selvagem. O homem em seus buracos vazios, não mais preenchidos pelo que perdeu, se por um acaso reencontrar o perdido, ele já é outro, embora o idolatre como sendo o mesmo. O cachorro e o gato, os quais o homem passou a ver como casos amorosos, quando têm um membro amputado se adaptam sem se lamentar. O amor do cachorro e o do gato ao homem não se esvazia à toa. Entre humanos, ocorre de esvaziar ao longo do tempo. Distinguem-se; pôr as mãos sobre o coto de uma perna amputada; informa não haver mais dedos, afugenta o fantasma. Quem dispõe de fantasma amoroso vê chifres na cabeça de cavalo e em vez de afugentá-lo segue a contramão na qual se esvazia da intensidade conjugal que se vive.

O amor incondicional é encontrado naquele que o chamamos de cachorro ou cadela. Mas diante da menos valia atribuída aos seus nomes, quem é mesmo cachorro ou cadela?

---

17 MASCARENHAS, Eduardo. A hora do lobo e o mistério da noite. *In: Emoções no divã de Eduardo Mascarenhas*. 8.ed. Rio de Janeiro: Guanabara, 1985. p. 159.

10. CASAMENTO E AMOR FORA DAS REGRAS INCOMODAM O REBANHO

José Saramago, escritor português, vencedor do Prêmio Nobel de Literatura de 1998 e do Prêmio Camões, afirmou: "O heroico num ser humano é não pertencer a um rebanho"[18].

A britânica Emily Mabou, aos 29 anos, casou-se com seu cachorro. Segundo disse, seu cão a fazia se lembrar de seu pai: "Por muito tempo eu vim rezando por um parceiro de vida que tivesse todas as qualidades de meu pai. Meu pai era gentil, fiel e leal à minha mãe, e ele nunca a deixou triste"[19]. A família de Emily chegou a suspeitar de que ela havia perdido o juízo. O padre, na cerimônia, pediu aos fiéis para não zombarem de Emily, e, sim, para se sentirem felizes por ela.

O alemão Uwe Mitzscherlich, ao se surpreender com a asma de sua gata Cecilia e sua pouca chance de sobreviver, mas sem a opção de cerimônia religiosa em seu país, recorreu a uma atriz. E diante da tradicional resposta à pergunta "Aceita se casar?", Cecilia respondeu: "Miau".

O estilista alemão Karl Lagerfeld, designer admirado na história da moda, disse se inspirar em sua gata birmanesa,

---

18 DIAS, Raphael. *Como UX writing poderia salvar a humanidade (baseado em Saramago)*. Disponível em: https://brasil.uxdesign.cc/como-ux-writing-poderia-salvar-a-humanidade-baseado-em-saramago-da95b988cad6. Acessado em: 27 fev. 2023.

19 MEGA CURIOSO. *Até que a morte os separe: estas 7 pessoas se casaram com seus animais*. Disponível em: https://www.megacurioso.com.br/comportamento/40219-ate-que-a-morte-os-separe-estas-7-pessoas-se-casaram-com-animais.htm. Acessado em: 11 dez. 2022.

de nome Choupette, para o lançamento de uma parte de suas coleções. E se pudesse, se casaria com ela. Fez-se divulgação na mídia, na sequência da morte do estilista, que Choupette estava entre os herdeiros da fortuna do criador alemão avaliada em cerca de 200 milhões de euros.

Choupette é um caso amoroso do idiossincrático (fora do rebanho), e Lagerfeld havia revelado em algumas entrevistas que sua gata birmanesa branca seria uma das herdeiras dos seus bens. A gata comia em pratos de porcelana chinesa, dispunha de duas assistentes pessoais, um motorista e uma conta no Instagram em seu nome com mais de 130 mil seguidores. Sua fortuna própria foi avaliada em 3 milhões de euros ganhada como modelo, quando Lagerfeld a empresariava. Ela foi adotada durante um período em que o designer ficou responsável por tomar conta dela, todavia ele foi incapaz devolvê-la. O designer da casa Chanel atraiu o mundo rico. Choupette, com seu charme, encantou o designer.

11. O QUE SE DESTACA NA TORRE?

O Sol, a Lua e as estrelas estão no topo. Por onde se vá, lá estão eles. A pirâmide social formulada pelo psicólogo americano Abraham Maslow trata da hierarquia de necessidades humanas: as necessidades físicas formam base, seguidas pela segurança de ter a despensa cheia. Na sequência vêm as necessidades sociais de pertencer a um grupo. Depois, a necessidade de autoestima de ser alguém na vida. No topo está a autorrealização. Segundo o criador, não confundir isso com ter dinheiro, trata-se de se sentir realizado. Quem se sente feliz com seu cachorro ou gato os coloca no topo e os destacam. Com os filhos humanos, eles são o destaque nas conversas entre amigos — não os homossexuais: sem destacar a identidade sexual que rejeita.

A Torre Eiffel, em Paris, deu visibilidade mundial à riqueza francesa simbolizada pelas treliças de ferro pelas quais ela se ergue. Na consciliência de quem a visita, ainda na atualidade os guias contam do humor coloquial parisiense precursor de quando ela foi inaugurada, em que só era possível deixar de ver a torre ao entrar nela. Torre que se ergueu em Champ de Mars como o arco de entrada da Exposição Universal de 1889, atraindo visitantes do mundo todo.

Figura 2: Torre Eiffel em Paris, na França. Foto: Cristina Michels Alcântara.

O automóvel da marca Ferrari, por onde passa todo mundo olha. O corpo da mulher, ao não mais ter sua expressão confinada na solitária, suas pernas despidas são uma Ferrari. E o batom com que ela destaca a sua boca, ao usar do mesmo humor de que só é possível deixar de ver a Torre Eiffel ao entrar nela, só se deixa de ver boca com batom ao beijá-la.

O homem, se por um acaso usar batom não provoca o imaginário de uma vagina, tendo em vista que ele tem um pênis. A boca com batom é a vagina reinventada, socializada, que pode ser mostrada.

Um anel de brilhante chama atenção e custa caro. O batom atrai olhares e custa pouco. Com a plástica do silicone, o bocão com batom denota a escultura. Pablo Picasso, escultor e pintor espanhol disse: "A arte é uma mentira que revela uma verdade". É significantemente concreto, a boca com batom não é uma vagina, mas deste significante reconhece o desejo Eros que a boca com batom provoca. O amor Philos, da religião, em português, tem significado mais próximo ao de "amizade". No Novo Testamento (Tiago 4:4), Pedro afirma seu amor por Jesus quando este lhe indaga: "Simão, filho de João, tu me amas? E o pescador responde; sim Senhor, tu sabes que te amo". No texto grego, o sentido é: "Sim, Senhor, tu sabes que gosto de ti, que sou teu amigo" (João 21:5-16).

Pedro, que jurou amor a Jesus, mas por três vezes disse que não o conhecia. Jesus cai no canto de Ossanha, anteriormente referido. O cachorro não nega sua amizade, morre pelo amigo. Porém cai no canto de Ossanha do homem.

Comunicar com o meio ao redor, entender a si mesmo, é desafio incessante — é fundamental entender, sequer falaríamos hoje se não houvesse desafio.

12. SEM DESAFIAR A COGNIÇÃO, OS IDIOMAS NÃO TERIAM NASCIDO

Um ensaio sucinto do filosofo Jean-Jacques Rousseau sobre a origem das línguas:

> Com as primeiras vozes formaram-se as primeiras articulações (gestos) ou os primeiros sons, segundo o gênero das paixões que ditavam estes ou aquelas (sons e vozes). A cólera arranca gritos ameaçadores que a língua e o palato articulam. Porém, a voz da ternura, mais doce, são as cordas vocais que modificam [...]. Assim, com as sílabas, nascem a cadência e os sons: a paixão, versos, os cantos e a palavra têm origem comum.[20]

O suíço Jean Piaget, biólogo, psicólogo e epistemólogo, é considerado um dos mais importantes pensadores do século XX, que impactou a educação no mundo com sua Teoria Cognitiva, que se dá a partir de uma sequência de estágios.

O estágio sensório-motor se dá até por volta dos 2 anos de idade. Nele, a criança controla reflexos, porém ainda precariamente em relação ao que percebe, de modo que precisa ver, ouvir e tocar. E a fala faz a novidade de sua transição ir para o próximo estágio.

---

20 ALCÂNTARA, Mamede de. O amor. *In: Renascer um processo de amor.* São Paulo: Gente, 1993. p. 119.

O estágio pré-operatório se dá dos dois até os 7 ou 8 anos de idade. Nele, a criança entende e interpreta o ambiente, atribuindo-lhe significado desde a palavra ao gesto, fixando a lembrança — a lembrança recorre ao fato passado no presente. A criança não pluraliza ângulos da perspectiva do outro, ainda com déficit cognitivo, prisioneira de seu "egocentrismo" de autocentrar-se em quase tudo, vendo a genitora à sua disposição.

No estágio operatório concreto, que vai dos 7 ou 8 anos até por volta dos 11 ou 12 anos, a criança amplia a percepção de novas lógicas, como a mãe não ter de lhe dar atenção o tempo todo.

O estágio operatório formal, dos 11 ou 12 anos em diante, envolve operações mentais com abstrações e símbolos ainda mais complexas, de forma que a criança passa a compreender lógicas opostas às suas, bem como a opinião ou visão que é do outro. Por volta dos 16 anos, encerra-se essa sequência de estágios, cedendo lugar à produção de hipóteses, que a criança pode comprovar ou não. E ela integra o déficit cognitivo ao não entender a perspectiva do outro, e não a sua. A perspectiva dos animais não é levada em conta na educação do homem.

Freud, por carta, em 1914, queixou-se a um amigo sobre a esposa de outro amigo, Max Eitington: "Ela tem a natureza de um gato e tampouco os aprecio. Ela tem o encanto e a graça de uma gata, mas não é um bichano adorável". Antes disso, em 1913, ele encontrou uma gata em seu divã, dormindo[21].

Pela fresta da janela de seu consultório, a gata passou a visitá-lo com frequência. Ela "ignorava sua presença e se esgueirava prazerosamente por entre os objetos de sua estimada coleção de antiguidades". Sem danificar seus objetos, ele observava seus olhos verdes, oblíquos e gelados, contudo Freud via seu

---

21   MÁRCIO MARIGUELA. *Uma gata no divã de Freud*. Disponível em: https://marciomariguela.com.br/uma-gata-no-diva-de-freud. Acessado em: 11 dez. 2022.

ronronar como narcisismo por ele ter de insistir para ter sua atenção. Freud também disse bobeira à beça em sua vida.

A já referida Nise da Silveira afirmou que "são frequentes, nos contos populares e nas fábulas, o gato ser percebido como animal inteligente, pérfido, astucioso, egoísta, infiel, malicioso, falso e outras qualificações. Essas atitudes ambivalentes são projeções do homem sobre o gato de suas próprias identificações"[22]. Esse conceito não ignora Freud.

---

[22] SILVEIRA, Nise. *Gatos: a emoção de lidar*. 2.ed. Rio de Janeiro: Leo Christiano Editorial, 1998. p. 46.

13. O QUE NOS GUIA?

O bonde de volta ao tempo das terras ainda sem dono, até surgir a ideia de demarcá-las, cultivá-las e esperar para colher o que havia sido plantado, além de caçar, capturar animais e fazer deles sua despensa viva. Esse foi o marco histórico conhecido como Revolução Agrícola. Desde este marco, mais robusto numa breve história da humanidade, já se rascunhava o caráter do ancestral humano. E que tanto o pai da psicanálise (Freud) quanto Erich Fromm estudaram a evolução do caráter do homem em seus subtipos.

O instinto de sobreviver é a fonte do hoje formulado como subtipo de caráter predatório — e a ele se sobrepõem novos subtipos. Na sequência, há o subtipo de caráter acumulativo, que cumula terras, colheitas, animais domesticados. O subtipo mercantil, barganha e comercializa. O caráter produtivo de ideias amplia-se, na criação de métodos, embora esvaziado de empatia, sem ver como conduta ilícita a quem dá prejuízo para se beneficiar.

Para explicar o que sai do caráter, nos esbarrões próprios e inevitáveis na jornada do cotidiano, a adaptação sucinta de uma fábula de autoria desconhecida: ao andar com sua xícara de café, e, inopinada ou propositadamente, alguém esbarra em você, de forma que o café é entornado. Por que você derramou seu café? Por alguém ter esbarrado é a resposta errada. A resposta correta é porque havia café na xícara. Se fosse chá, teria sido o chá.

Espezinha-se propositadamente o touro para divertir plateias na tourada. Esse é o caráter do toureiro e da plateia. E já houve casos em que o toureiro expõe nas redes sociais um par de orelhas decepado nas mãos, informando a morte do animal. Espezinhar o touro; ele vítima do caráter do homem, e a oportunidade do homem economicamente, em seu caráter predatório, mercantil, produtivo de ideias. Mesmo padrão, o turismo da pescaria, com o peixe capturado para vê-lo se debater e deste desconforto expressar seu sadismo e, em seguida devolvê-lo às águas para satisfazer o sadismo de novos turistas.

O que é ensinado, o aprendizado da violência para se divertir, de acordo com o caráter, o não regulamentado, sem ninguém ver, faz a oportunidade, assim como a do ladrão.

Um caso específico (mas não isolado) se deu em Brasília, com o Cacique Pataxó Galdino Jesus dos Santos, de 44 anos. Ele dormia na rua e foi queimado por jovens da alta classe social daquela sociedade que se divertiram com o ato de atear fogo nele. Galdino foi assistido no Hospital Regional da Asa Norte, mas não resistiu às queimaduras que atingiram 95% de seu corpo, morrendo em 22 de abril de 1997 por insuficiência renal provocada por desidratação[23].

Seja Galdino Santos, Jesus Cristo ou populações de cachorros e gatos de rua, eles são vítimas do "seio mau" do mundo. Mas ao lado dele, assim como amor e ódio, colados numa moeda de lados opostos, existe o seio bom: o amor.

---

23 CORREIO BRAZILIENSE. *Morte de índio queimado vivo em Brasília completa 15 anos*. Disponível em: https://www.correiobraziliense.com.br/app/noticia/cidades/2012/04/20/interna_cidadesdf,298900/morte-de-indio-queimado-vivo-em-brasilia-completa-15-anos.shtml. Acessado em 12 dez. 2022.

14. A PERSPECTIVA SELVAGEM, E A DA PAZ E DO AMOR URBANOS, ATRAVANCADA PELAS REGRAS DO REBANHO

A fotografia da arte, com o "seio nu" amamentando não incomoda o rebanho; "é arte morta". No entanto, o rebanho é cego à sabedoria da natureza. Ele só tem olhos para ver as cercas.

Na selva, sem perspectiva civilizada, o perigo é iminente em sua naturalidade. A virtude se limita aos cuidados instintivos de genitoras com sua prole. Contudo, a lógica do destino humano se inicia numa escala não mais zero, tendo em vista que o animal humano se promoveu ao migrar para a cidade construída por ele, fazendo, do mundo, outro, novo.

Figura 3: Madonna and Child - Barnaba da Modena (1328-1386). Obra de arte localizada no Museu do Louvre. Foto: Cristina Michels de Alcântara.

O verniz de sorridente não permite ver se seu seio é bom. Inevitavelmente, em algum momento, ele é um "seio mau."

A psicanalista austríaca Melanie Klein formulou a teoria do "seio bom" e do "seio mau", visto que a relação primária se dá com a criança e o mundo externo, e ela percebe como "seio bom" quando é amamentada e como "seio mau" quando não é alimentada no tempo real, manifestado de acordo com o seu desejo. Assim, fazem-se os dois registros: seio bom e seio mau são uma pedagogia fácil de se entender. Os seios da mulher, nus, ao amamentar, formulam o "seio bom", e o ato obstado pelas convenções que exclui o direito de mamar do bebê produz o "seio mau." Sem convenção a impedir que o seio se torne bom, o "seio mau" diz respeito à mãe num ambiente, e parte da violência doméstica integra à essa relação primária. É a faceta oculta que se manifesta.

Sovinice emocional da mãe no ato de amamentar, o ambiente desestruturado, desmazelado e a consequente negligência nutricional cavam um buraco na alma em construção do bebê. E a expectativa inconsciente de preenchê-lo é deslocada, durante a vida adulta, para os consequentes casos amorosos.

Diante às mesmas circunstâncias se age com o caráter que se tem e a circunstância do rompimento, quem o propõe ou se envolve extraconjugalmente, não se protege da violência. O rejeitado – quando primariamente foi vitimado pelo seio mau –, acorda seu adormecido mendigo de afeto, mata a sua dor, torna-se o "mendigo matador". É, contudo, manifestação de ordem inconsciente deslocada para a atual relação de afeto, com desfecho de amorcídio. "Cídio" é um sufixo latino que exprime a ideia de morte.

O recalque emotivo é fonte da violência, a represa que arrebenta – sem controle –, faz vítimas indefesas como o cachorro e o gato. Entre pares amorosos, o mais frágil se torna a vítima.

O tema dispõe de complexidade. A violência existe e há prazer de praticá-la, como no bullying entre pré-adolescentes e/ou adolescentes, mas nem todos o praticam e sim de acordo com o caráter de cada um. E sua construção, pela medida que dois objetos, mesmo o psicológico, não ocupam o mesmo espaço ao mesmo tempo, no lugar do bullying; provocação intencional repetida, com danos físicos ou psicológicos, fenômeno com logística no mundo. No inglês, *bully* significa "tirano, brigão ou valentão". O sábio já começa pelo fim e assim ganha caminho, como no amor em que, num piscar de olhos, é a meia palavra que não é preciso completá-la. Desse modo, plante uma árvore e, ao adotá-la, ela é um filho, só falta escrever o livro. E a experiência de cuidar é o livro que escreveu.

A terra do saber dispõe do lugar para plantar este saber e, numa escola infantil, com espaço privado para a criança plantar e adotar uma mudinha, de modo que todos os dias de aula o professor ensina a hospitalidade e a civilidade, essa é a sabedoria que ocupa o lugar do bullying. Nesse gênero de escola, as professoras dão aula fazendo *topless*; simbolismo de seios nus ávidos para dar de mamar. O "seio bom" não abandona, produzindo imunidade à violência. O "seio mau", visão de quem não acolhe, é a fábrica.

Onde há o abandono, há o "seio mau", e ao ensinar o mundo a cuidar, esvazia a violência. A construção da paz e amor urbanos pede discussão de ideias, discussão essa que não cabe no cérebro lagoa; de curto espaço de manobra.

A violência e o abandono; sem importar a quem, não dispõe de disciplinas nas escolas.

15. PODER, ABANDONO, SALVAMENTO E AS VOLTAS QUE A VIDA DÁ

A vida dá voltas, e o mito de Édipo ao qual Sigmund Freud recorreu para embasar sua teoria psicanalítica ilustra isso. Eis sua descrição sucintamente: Laio e Jocasta, rei e rainha, respectivamente, esperavam por um filho, mas, segundo uma revelação do oráculo, ele não poderia nascer pelo agouro de vir a matar o pai e se casar com a mãe, assim, quando os dois têm um filho, a criança é deixada ao relento, para que não sobreviva. Porém é salva e adotada por novos pais, os quais lhe dão o nome de Édipo.

Édipo desconhecia sua condição adotiva. Já adulto, é alertado pelo oráculo de que iria matar o pai e se casar com a mãe. Para se safar de seu destino, e por amor ao pai, foge, ao fazer isso, a profecia acaba se cumprindo. Fugindo do destino, encontra no caminho quem o abandonara: o rei, seu pai biológico, e sua comitiva, que tentam impedi-lo de seguir adiante. No duelo, o rei é morto pelas mãos do filho, e este, ao se casar com a viúva (sua mãe biológica), apodera-se do trono e da mulher do pai. Tudo isso sem que ninguém soubesse de seus laços, assim, faz-se a fonte da fantasia do incesto. O embasamento da construção do homem não é o de olhos que alcançam o trem parado na estação, mas o de que ele veio de muito longe. E essa é a formulação do poder, do abandono, salvamento e as voltas de que a vida dá.

O abandono é o seio mau, sem se importar com quais sejam as vítimas, sejam cachorros ou gatos.

Entre reis há dragões, na guerra há vítimas, desse modo não é a força armada nem o poder que se herda de mãos beijadas, garantido por lei, o cérebro ideal para governar o mundo.

16. TRABALHO VOLUNTÁRIO SÃO "SEIOS NUS" QUE ACOLHEM SEM RECURSOS

A Figura 4 ao lado mostra uma escultura exposta no Museu do Louvre, em Paris. Nela, vemos um homem condenado à prisão perpétua, porém, conduzido à morte através da fome. Nas visitas de sua filha, que amamentava uma criança, ela passa a amamentá-lo, sendo essa a única forma de salvá-lo ou de postergar sua vida importante.

Em seu blog, André Luís Michels de Alcântara, filho do autor, disserta sobre o conceito: "O que é vida?", que não se restringe a quando ela se dá, mas se aplica a quando ela é importante e faz falta. Com a fecundação, na espécie humana, há a espera e a disposição de cuidados médicos, a não ser que se trate de uma gravidez indesejada.

Os seios nus que garantem a vida — visão simbólica — são atravancados, ainda assim jorram o leite. Segundo dados da ONU, cerca de um bilhão de pessoas no mundo atua em algum trabalho voluntário, distribuído em algum tipo de ativismo. No Brasil, foi publicado em 8 de dezembro de 2014, pelo jor-

Figura 4: La Charitê Romaine (autor desconhecido), oriunda do atelier de Jean Goujon (1560-1564). Escultura exposta no Museu do Louvre. Foto: Cristina Michels Alcântara.

nal Globo.com[24] dados da pesquisa Fundação Itaú Social e DataFolha, de 2014, mostram que no Brasil há cerca de 16,4 milhões de voluntários.

Na pesquisa anteriormente mencionada, 28% dos entrevistados já haviam praticado trabalho voluntário, 11% estavam praticando à época, 29% disseram que nunca foram convidados, 18% nunca haviam pensado no assunto e 12% não sabiam como encontrar informação sobre o tema. Mas a maior parte, na verdade,

Figura 5: Minha esposa, Cristina, e a cadela Siimbica. Acervo do autor.

40%, estava sem tempo para a dedicação.

Na Figura 4 vemos os seios nus da filha que amamenta o pai, na figura 5, a ação simbólica do "seio bom" que ajuda a postergar a vida.

Siimbica, cadela mostrada na Figura 5, recebeu esse nome deste autor e sua esposa. Trata-se de visitante frequente do parque onde costumávamos andar e que se aproximava e nos acompanhava. E como os mosquitos a incomodavam, Cristina se desassossegava, de maneira que se programou para, no dia seguinte, não só lhe dar petiscos, mas tratá-la com Capstar e outro antipulga, a fim de pôr fim àquele incômodo. Na sequência,

---

24 TRIGUEIRO, André. *Brasil tem 16,4 milhões de voluntários. É pouco.* G1, 8 dez. 2014. Disponível em: https://g1.globo.com/natureza/blog/mundo-sustentavel/post/brasil-tem-164-milhoes-de-voluntarios-e-pouco.html. Acessado em: 27 fev. 2023.

houve alguns novos reencontros, sem que se imaginasse a vinda do coronavírus, em março de 2020. E com a medida de se fechar o parque, do destino de Siimbica não se tem notícia.

A Cristina e a nossa filha Andréa participaram do grupo de voluntários que cuidavam de cachorros e gatos ao deus-dará. Na ciência de coleta de dados deste livro, ela não obteve dados do número dos integrantes desse voluntariado. E tampouco se faz possível obter dados de quem despe o "seio bom" para ajudá-los em sua dificuldade, revelação de amor, altruísmo e civilidade.

Entretanto, traduz civilidade a sociedade disposta a avivar a propriedade mental de responsabilidade de governos, para que criem impostos, gere recursos e supere o abandono animal. Tema tratado no capítulo seguinte.

17. DE DEZ EM DEZ SE DÁ O MILAGRE DA "ÉGIDE COMPLIANCE CACHORRO GATO"

Para Margaret Mead, mencionada na introdução deste livro, sinais de civilidade em uma cultura não são os anzóis, panelas de barro ou pedra de amolar, mas um fêmur (osso da coxa) quebrado e cicatrizado. Pois uma vez que no reino animal, ao quebrar a perna, sem ter como fugir do perigo ou providenciar alimento e água, a cicatrização do osso quebrado é a prova de que houve proteção por tempo suficiente para a recuperação. Populações de cachorro e gato sob o abandono revelam não só a civilidade de toda a sociedade bem como a propriedade mental de responsabilidade dos governos vazia. Na gestão pública, visto que espírito púbico indispõe de propósito para criar um escudo protetor; conjunto de medidas seguro, como na designação do termo *compliance*; conjunto de medidas seguro.

A proteção da lei, entretanto, dispõe de sua égide hierárquica. Torna-se uma "égide", na terminologia jurídica: o direito à saúde que se diz sob a égide da constituição, assim como o filho sob a égide dos pais. E essa é a fonte do termo; a égide era, na mitologia grega, o escudo mágico que Zeus utilizou em sua luta contra os titãs e lhe proporcionava proteção pessoal. A égide tinha uma figura gorgônica em relevo, o que tornava Zeus amedrontador para seus inimigos.

O milagre "de dez em dez" que se realizaria através da carga tributária, como direito constitucional égide; escudo de proteção animal como bandeira do estado. No Brasil em sua grandeza populacional, contribuição minimizada, recolhida mensalmente, acumularia a robustez de um escudo – sem crucificação animal – o que simbolizaria um milagre se dando. Torna-se o certo ao operacionalizar desde civilidade e responsabilidade sociais.

Beneficiar e dar prejuízo, depende da visão do certo ou errado. A lei dá prejuízo ao matador de aluguel aplicando penalidade na empreitada ilícita. Legaliza matar o boi. Sem lei, um contingente de humanos com ordem de grandeza logística no mundo — composto por vegetarianos e veganos, sendo que os primeiros não comem carne e os segundos sequer consomem os derivados — poupa os animais da crueldade, bem como dá prejuízo aos criadores e comerciantes do ramo, tendo em vista que diminui o consumo de carne e seus derivados.

O hasteamento de bandeira — como escudo de proteção animal, é símbolo mágico de Zeus, ainda que em minissalas, 10 m² de área. Não importa se secretarias e até ministério que tornam as cidades de homens e de animais.

Um patrimônio público robusto no Brasil é desperdiçado em áreas chamadas verdes, embora inúteis por só acumularem sujeira, desperdiçadas por décadas, séculos. E que seriam lugares úteis na construção de abrigos, bem como a assistência à saúde animal. Em suas logísticas, os bairros com abrigos motivam o meio local a interagir, não só a visitar o abrigo, interagindo com o animal, mas a passear com o cachorro, criando um vínculo e ampliando a chance de adoção.

18. O AMOR À PROPRIEDADE CRIA SUA PROTEÇÃO

Quando um casal se separa e há filhos da relação, não filhos biológicos, mas um cachorro ou gato, pode haver disputa pela guarda e pelo direito a visitas, como se documentou no site do Tribunal de Justiça no dia 3 de abril 2019, na mediação de divórcio consensual. A juíza Karen Francis Schubert Reimer, da 3ª Vara da Família de Joinville (SC), decidiu sobre a guarda e o direito de visitar os cachorros do casal que se separava. A sentença dada buscou posição mais atual que enquadra animais em uma intermediação entre bem e pessoa, sem equiparar cachorros a filhos ou a seres humanos.

O Código Civil Brasileiro de 2002 estabelece que o animal tem status jurídico de coisa, de objeto de propriedade, embora estejam em andamento, nas casas legisladoras, mudanças na percepção da natureza jurídica dos animais. Outra decisão acerca de guarda animal compartilhada, dessa vez de um gato, foi tomada pela magistrada Marcia Krischke Matzenbacher, da Vara da Família da Comarca de Itajaí, também em Santa Catarina. A adoção de um felino ainda filhote, com a separação do casal, provocou demanda judicial. Sem lei específica no ordenamento jurídico vigente, a magistrada tomou uma decisão de acordo com a analogia à legislação no conflito de guarda e visitas de filhos. Fundamentou e amparou sua decisão pelo ângulo da afetividade em relação ao animal, bem como pela necessidade de sua preservação como mandamento constitucional: "os animais de companhia são sencientes — dotados de sensibilidade, sentindo as mesmas dores e necessidades biopsicológicas dos animais racionais —, (e) também devem ter o seu bem-estar considerado" (Art. 225, Parágrafo 1, Inciso VII). Assim, a magistrada determinou o compartilhamento da guarda do gato, com intervalos de quinze dias.

19. NEM TANTO AO CÉU NEM TANTO À TERRA, MAS ENTRE UM E OUTRO, SEU MUNDO

Pôr o rico na mesa do pobre e este na mesa do rico, por si só, denuncia a existência de uma prateleira mercadológica.

O acesso à universidade pública, que tem suas mensalidades pagas pela força de trabalho, maioria de classes econômica sem recursos, mas atravancada, dificultada de lá estudar. No Brasil, a discussão de ideias, de modo que desconstrua privilégios, faz superar déficits cerebrais na descoberta de novas competências. A moeda do tempo, igual para quem cumpre uma pena no presídio, formula a referência da "hora de gari" com alunos a fazer a assepsia do que eles mesmos sujaram. Alunos ricos ou pobres pagam com a mesma moeda; o tempo, pelo menos uma pequena parte do benefício que desfruta. É a oportunidade do rico de se sentar à mesa com o pobre. Nem tão ao céu, nem tanto à terra, oriundos das prateleiras sociais de cima ou de baixo terem de limpar o chão.

Em países de primeiro mundo, a mesa rica da sociedade, compõe-se de saneamento básico, saúde e escola de qualidade e públicos, subsídio ao transporte coletivo com regulamentação para que ele tenha qualidade e para que atraia usuários na mobilidade urbana. Não é dado de mão beijada nem caridade e sim retorno a quem produz a riqueza. O bom encontro entre seres humanos não se dá com uns olhando de cima para baixo e a maioria de baixo para cima. Cria paredes entre pobres e ricos, assim chamados. E a meia palavra — através da dependência para a criada e a suíte de hóspedes nas moradias — descreve a prateleira vertical de produtos, o que não é mercadoria. A criança filha de pais ricos tem sua babá (a criada que irá arrumar a bagunça que ela fizer), e essa babá, por sua vez, não a monitora para que ela mesma arrume.

Na família multiespécie, ao cachorro e ao gato — projeção emotiva de seus membros, essa é a característica deles peculiar de não ter como os ensinar a assepsia na caixa de areia e nos vasilhames de alimento e água. Os membros pets, sem a casa do homem que se torna a pátria deles, também nem receber ajuda, a crucificação demoradamente no abandono se dá.

A educação declina com pais que não ensinam filhos a arrumar brinquedos, quarto, toda e qualquer bagunça que fizerem. O filho de pai rico sem desafiar seu cérebro nessas pequenas oportunidades, a chance é grande de não deixar de ser um nobre, mas não incólume ou salva de gerar o neto pobre. Hoje em dia, empresas educam ao fixar placas nos banheiros: "dê a descarga, lave as mãos". São nuanças que embasam a última chance, na universidade aprender a arte da assepsia; uma nova competência.

20. SÓ O PROPÓSITO IMPEDIRIA A CRUCIFICAÇÃO

O propósito de superar as populações de cachorro e gato de rua faria sumir a crucificação deles. Sem ele, esvazia-se a ação proativa de cortar as raízes do mal.

Em dezembro de 2018, em uma das unidades da rede Carrefour, na cidade de Osasco, São Paulo, uma cadela à procura de abrigo no estacionamento do hipermercado foi espancada até a morte por quem fazia a guarda daquele espaço privado. O ativismo animal alvejou o calcanhar de Aquiles da rede ao boicotar suas vendas. A rede, por sua vez, estrategicamente, aliou-se à defesa da causa animal. Nos dias atuais, a cidade de Osasco dispõe de hospital público veterinário para atender cachorros e gatos.

Em julho de 2020, um cão na região metropolitana Belo Horizonte teve suas duas patas traseiras decepadas. O animal, que recebeu o nome de Sansão, foi socorrido por um ativista da causa, Noraldino Lúcio Dias Junior, deputado estadual de Minas Gerais.

Em 29 de setembro 2020, o Projeto de Lei n. 1.095/2019 recebeu nova proposição da Lei de Crimes Ambientais de 1998. E passou a valer a pena de reclusão de dois a cinco anos, com multa e proibição de guarda do animal a quem abusa, fere ou mutila cães e gatos. A autoria da lei é do deputado federal de Minas Gerais Frederico Borges da Costa, de Belo horizonte, e foi nomeada de "Lei Sansão", como homenagem ao cão que sobreviveu ao animalismo do homem.

Ações do ativismo ajudam as vítimas socorridas, mas não cortam as raízes do problema nem proíbem a venda de filhotes em "pet shops" (tema que será abordado mais adiante). Isso mostra o preparo de se correr à frente dos problemas, saindo da fôrma retrógrada onde eles são produzidos.

21. FORMA NÃO SE APRISIONA À FÔRMA (O REBANHO)

Figura 6:
(A) Mulher nua com cão (Retrato de Léotine Renaude), de Gustave Courbet, 1861-1862. Museu d'Orsay, Paris, França. (B) Cristina Michels Alcântara, esposa do autor, com o Príncipe Algodão, no palácio do gato. Foto: Andréa Michels.

A Figura 6, com a nudez visível da mulher, não do cachorro, inspirou a Figura 6B, numa visão real, não mais da arte.

Léontine Renaude, modelo e amante do pintor, na Figura 6A está nua na companhia de um cão. Na Figura 6B, vê-se a esposa do autor em outra forma de amor, o Príncipe Algodão é o seu caso amoroso.

O conteúdo narrado é o que distingue o condicionado da fôrma, das convenções. Sem roupa, o homem está nu em sua construção de identidade. Por não ter sido construída para as demais espécies animais, como para o cachorro e o gato, nas figuras 6A e 6B não são visualizados nus, mas sem roupa.

Ao usar as palavras, nua ou nu, a primeira coisa que se pensa: sem roupa. Mas se na história da humanidade a roupa não tivesse sido inventada, seriam palavras vazias de uso.

O pensamento guerreia, cria impacto, por exemplo, na poesia de Goethe. O poeta alemão, em diálogo com uma florzinha, em seu poder do contexto, que é o da poesia, entende que se dá voz e consciência à flor, fazendo-se o seu halter ego — do latim "alter", outro, e "ego", eu, cujo significado literal é "o outro eu".

Descoberta
Andava pela mata
Só
Quase perdido
Introvertido.
Quando de repente
Percebi, numa fresta de luz,
Uma florzinha.
Como eu,
Só.
Clara. Iluminada pelo sol.
Ouço minha natureza animal:
"Arranque-a para si."
Quando a ouvi dizer:
"Queres que eu morra?"
Bem suavemente, respondi:
"Ora, não!"
Tomei consciência de mim.
Junto a ela, tornei-me iluminado.
Em vez de arrancá-la,
ao seu lado, na terra, sentei-me.
Contemplei-a,
ao aroma do solo úmido,
cheiro de bosque.
E com seu perfume pude me deleitar.
Por fim, descobri:
.........[25]

---

25 GOETHE. *Descoberta*. Adaptação: ALCÂNTARA, Mamede de. Pontuando a mente a cada instante. São Paulo: Caminho das Ideias/Navegar, 2006. p. 154.

Mãos que matam inopinadamente tudo o que tocam, até o que encanta. Ainda mais do que qualquer outro animal é o predador humano. E a maioria não se deita no divã, para fazer um caminho até si mesmo e se ver robustamente corrupto em seus atos ilícitos.

A Figura 6B, de minha esposa, expressa a nudez criativamente, com mais de 60 anos, tendo *rapport* (do francês, "empatia") para entrar na perspectiva que é a do gato. Para ele, a caixa de papelão é um palácio. Ele é despido por natureza. Ela é que se despe para o encontro no palácio dele, para o encontro com seu caso amoroso, o Príncipe Algodão.

A pintura, a literatura, a poesia, a música e a fotografia são manifestações de ordem emotiva, fazendo o estilo e a forma, pelo que sente, pensa e se expressa. E assim se põe arte na vida, à qual — nua de arte —, não se basta, mas só para quem não é cópia de impressora sem sua forma de se expressar.

Para a psicanálise, é a partir das pequeninas coisas da vida que se chega às grandes. Da sensibilidade do poeta, sem se deitar no divã, descobre-se que se tira a vida de uma rosa para ofertá-la a alguém e fazer-se admirado pela sua sensibilidade. Não à toa, o mesmo que dá rosas no namoro não está incólume, são e salvo, de ser agressivo ou violento, emocional e fisicamente, bem como faz a estatística do amorcídio (tema abordado no Capítulo 14).

22. DE SUTIÃ, CONFINADA NA SOLITÁRIA DO QUE O OUTRO PENSA

Figura 7: Adão e Eva, de Julius Paulsen, 1893.

A construção da identidade no homem através da roupa que ele inventou e passou a usar o separou ainda mais dos outros animais. Convencionou-se a roupa para cada ocasião, como no tema abordado, de que modo se veste uma primeira-dama. No Brasil, o tema foi precursoramente criticado[26].

Trata-se do caso da 23ª primeira-dama da França, Carla Bruni. Em seu fragmento histórico como primeira-dama, sem

---

26 ALCÂNTARA, Mamede de. *A missão da roupa: da moda ao discurso nas performances*. São Paulo: Porto de Ideias, 2010. p. 143.

sutiã, embora com elegante vestido azul, recebeu visita no palácio. Isso se deu sem desconforto do marido, Nicolas Sarkozy, presidente da França entre 2007 e 2012. No Brasil, o noticiário da rede Globo tratou a conduta com ultraje, sem levar em conta a bagagem da primeira-dama — supermodelo, cantora, compositora e atriz —, além do fato de Paris ser a capital da moda.

De sutiã, confinada na solitária do que o outro pensa ou o rebanho é só uma sátira. Dela se extrai um reconhecimento abstrato, simbólico, de que o mundo regulamenta o inútil, mas vazio é da regulamentação da dignidade para o cachorro e o gato, e a imprensa não faz alvoroço.

23. REGULAMENTAÇÃO PET: COMPANHEIRO NA ALEMANHA

Na Alemanha, o cão é reconhecido como companheiro, sem conotação de membro da família, como no Brasil.

Desde 2004, para fazer viagens com cães, dentro e fora da União Europeia (UE), deve-se emitir passaporte com informações das vacinas tomadas no país de origem, bem como o número de identificação do microchip implantado — essas medidas também valem para gatos e furões domésticos.

O tutor alemão do cão tem de acompanhá-lo nas vias públicas, e ele é bem-vindo em bares, restaurantes, trens e ônibus. Dispor de sua companhia não se restringe ao investimento da aquisição: acumulam-se, também, despesas com ração, médico veterinário e o imposto do cão (Hundesteuer), vigente em cerca de 10 mil municípios. Na Alemanha, que tem território menor que o estado de Minas Gerais no Brasil, há em todo o país exigência de registro na prefeitura local, com preço ou isenção de acordo com a raça e as regras de cada cidade: em Mainz, são cerca de 185 euros anuais, já em Windorf, na Baviera, não há cobrança. Ainda há casos de exigência de seguro para cobrir eventuais danos causados pelo cão. Contudo, para quem é deficiente visual e precisa de cão-guia, o imposto é isento. Segundo dados de 2014, os municípios alemães arrecadaram 309 milhões de euros com o Hundesteuer.

Integra o conjunto de medidas seguro, conforme a raça, o recebimento de aulas de etiqueta em escolas de cães (Hundeschule). O principal comando é o de fazer o cão se sentar, de modo que, no transporte coletivo, acomode-se ao lado do seu dono e não no banco, por questão de assepsia. São peculiaridades do país ver o cão só como companheiro, e o fato de que, excepcionalmente, o dono seja suscetível de confisco da sua propriedade animal, de acordo com o pedigree, para quitar o imposto do próprio cão junto aos órgãos públicos. O animal é adquirido por criadores, anúncios na internet e adoção. Se for oriundo de outro país, precisa fazer exames médicos para comprovar a boa saúde exigida para ter a documentação necessária. Ele conta, ainda, com abrigo público (Tierheime), onde os cães são bem cuidados, além de voluntários que se oferecerem para fazer passeios regulares com eles. Além disso, os interessados em adotar têm de provar ter boas condições de vida, como moradia adequada para o cão.

A proteção do "cão companheiro", regulamentando a responsabilidade para os donos, é negada ao "cão cobaia" em sua vida nua de valor humano, sendo apenas um produto de mercado.

24. O QUE FAZER COM A VIDA NUA?

Em outubro de 2019 foram divulgadas imagens, gravadas secretamente, que denunciavam a tortura diária de macacos, gatos, cães e coelhos. O vídeo despertou indignação mundial nos grupos que se dedicam à defesa dos direitos dos animais. No dia 20 do mesmo mês, em Hamburgo, cidade alemã próxima da sede do Laboratório de Farmacologia e Toxicologia (LPT), que presta serviços para empresas farmacêuticas — fazendo desde cosméticos até agrotóxicos, para diversas partes do mundo —, ocorreu a primeira manifestação, com cerca de 7,3 mil participantes.

O vídeo[27], com duração de pouco mais de oito minutos, é divulgação da Cruelty Free International. Nele, há críticas à ausência do bem-estar dos animais durante os exames toxicológicos. Sem método que os proteja, para avaliar se um produto químico testado é capaz de causar danos à saúde humana, os animais são forçados a ingerir ou inalar determinada substância mesmo se sentindo muito mal. Diante da resistência do animal, este é mobilizado com agressões perceptíveis no vídeo. Essas torturas, aplicadas de forma contínua, reduzem a expectativa de vida dos animais ao comprometer sua saúde e os matam da forma mais dolorosa. Nas imagens do referido vídeo, os animais, assustados, evitam todo e qualquer contato humano em decorrência dessa tortura à qual são submetidos.

Para se beneficiar, a humanidade não vê ilicitude na crueldade com a vida que não é humana. Ainda que de uma região a

---

27 Unlawful dog and monkey suffering uncovered at Laboratory of Pharmacology and Toxicology (LPT). Disponível em: https://www.youtube.com/watch?v=MSmAEP-D86KM&ab_channel=CrueltyFreeInternational. Acessado em: 19 dez. 2022.

outra ou de tempos em tempos se manifestar com outros homens, como no nazismo alemão, com a vida nua, desprotegida, ela é a herdeira da crucificação e Jesus Cristo a personifica. As verdades são políticas, convenientes, antes de serem verdades. No sacerdócio médico, na formatura se dá o ritual do juramento ao pai da medicina. No entanto, "Hipócrates foi apenas um dos muitos médicos gregos, [...] mas seus sucessores o converteram no pai simbólico da medicina"[28].

---

28 FARA, Patricia. *Uma breve história da ciência*, São Paulo: Fundamento Educacional, 2014. p. 36-38.

25. ALGUMAS CONSCILIÊNCIAS DA ABORDAGEM

O moinho, inicialmente produzido para moer grãos, hoje bombeia a água para fora dos lagos.

Viagem para se divertir (do autor e sua esposa), sem se cegar ao quase nada de quase tudo, em que, mesmo na diversão, faz-se presente o propósito da causa animal.

A Holanda (Países Baixos na Europa Ocidental) é uma monarquia constitucional parlamentar democrática, com área de 41.526 km², tem a 11ª maior população da Europa, segundo estimativa de 2017, com cerca de 17 milhões de habitantes. É referência de país sem abandono de cachorros e gatos, questão superada com medidas drásticas de governo, embora iniciadas por campanhas e multas leves. Com o resultado inicial pífio, passou a aplicar multas elevadas, na casa dos milhares de euros. Superou-se o problema sem sacrificar a vítima, sem eutanásia ou apreensão em canis e, ainda, com baixo investimento de base, havendo

Figura 8: (A) Foto: minha esposa, Cristina, tirada por mim, no embarque de Paris para Londres. (B), Nós dois em um *pub* de Londres, selfie tirada por ela alguns dias antes de embarcarmos para a Holanda.

Figura 9:
Casal diante de um moinho de vento em Amsterdã, Holanda.
Acervo do autor.

castração dos animais de rua, com gratuidade a quem recorre a esse benefício.

Na Holanda, o meio ao redor o protege, em vez de devastar, com cerca de seiscentos ecodutos, chamados de pontes verdes para proteger a fauna e sua biodiversidade. No Brasil, estudos indicam mais de um milhão de vidas perdidas diariamente por atropelamento nas estradas.

Um estudo feito por um grupo de cientistas da Universidade Flinders, na Austrália, alertou para o fato de a humanidade ser condenada por negligência. Ameaças climáticas e a perda da biodiversidade podem acarretar efeitos ainda piores do que se possa imaginar, desde a extinção em massa até o fim da espécie humana. Segundo o ecologista Corey Bradshaw "a humanidade está causando uma rápida perda de biodiversidade e, com ela, a capacidade da Terra de sustentar vidas complexas"[29].

Menos da metade dos holandeses declara ter alguma religião, e cada vez mais igrejas são fechadas por falta de "clientes",

---

29 OLHAR DIGITAL. Cientistas alertam que humanidade está quase condenada por suas atitudes. Disponível em: https://olhardigital.com.br/2021/04/27/ciencia-e-espaco/cientistas-alertam-que-humanidade-esta-quase-condenada/. Acessado em: 18 jan. 2023.

assim como cadeias são fechadas pelo mesmo motivo: a falta de criminosos.

Na Holanda são regulamentados o casamento homossexual, a prostituição e a maconha. Ao entender mais as perspectivas não criminosas de cada um, faz-se a inclusão geradora da paz.

26. BREVE HISTÓRIA DE SÃO PAULO: DA TRAIÇÃO E CRUELDADE ANIMAL AO SOCORRO DE CÃES E GATOS

Em 1893, legisladores paulistas denominaram cães vagantes nas ruas de vagabundos, que teriam uma vida errante, vadia e inferior. Em vez de condenar os humanos pelo abandono ou pela negligência de deixá-los fugir, era conveniente a lei que via com menos valia a vítima (o cão) e isentava quem praticava o delito (o homem).

A perspectiva de que os cães não têm carteira assinada nem procuram emprego mostra o déficit cognitivo do legislador. Um estudo com abrangência entre 1870 e 1940 concluiu que as bolas envenenadas para matar cães e a captura destes, nas ruas, para extermínio, revelaram-se medidas cruéis e inúteis na capital paulista.

No século XX, em 1914, a prefeitura paulista capturou 5.643 cães. Desses, 842 foram retirados por seus donos mediante pagamento de multas e despesas, e 4.801 foram sacrificados. Três anos depois, em 1917, esse número chegou a 7.427 cães, sendo 6.880 sacrificados, 190 retirados pelos donos, 42 mantidos em depósito e 315 enviados para estudos. Em 1918, o número subiu para 25.811, sendo 22.563 mortos e outros 535 utilizados em "pesquisas".

Em 2017, Campinas, a maior cidade no interior de São Paulo, inaugurou o Samu animal. Em novembro de 2019, a cidade de

Osasco, também em São Paulo, inaugurou um hospital público veterinário com uma equipe médica integrada por oftalmologista, cardiologista, cirurgião geral e ortopédico, anestesistas, vários consultórios, sala de enfermaria para cães e outra para gatos, com capacidade de realizar até quinze cirurgias diárias, radiografias de última geração e ultrassom com opção de visualizar e acompanhar a assistência pela internet. Conta, ainda, com um auditório para 150 pessoas à disposição de protetores ou instituições do mundo pet para realização de palestras e eventos do segmento.

De acordo com Fábio Cardoso, diretor de Fauna e Bem-Estar Animal da prefeitura de Osasco, ao passar pelo hospital, os animais recebem chips. "Nós fizemos uma compra de 22.500 microchips, isso é mais ou menos 30% da população animal da cidade, essa iniciativa é para cadastrar os donos e seus animais, para que possamos diminuir o número de animais abandonados na cidade. Se pegarmos um animal abandonado ou que sofreu maus tratos, o dono será multado."[30] Os animais dispõem de cartão pet, que contém o seu histórico do animal e dados de contato dono.

No início de 2020, no litoral paulista, o município de São Vicente inaugurou o Samu para socorrer cachorros e gatos abandonados. A unidade de saúde e bem-estar animal funciona 24 horas por dia, e os animais atendidos na emergência dispõem de avaliação pela equipe médica veterinária e seus agentes de saúde auxiliares públicos diante do pedido de socorro.

O investimento privado robusto para atender a demanda de proporcionar o bem-estar e proteção aos pets revela o valor que se dá a eles hoje em dia.

---

30 QUALITTAS. Osasco Inaugura o Maior Hospital Veterinário Público do Brasil. Disponível em: https://www.qualittas.com.br/blog/index.php/osasco-inaugura-o-maior-hospital-veterinario-publico-do-brasil/ Acessado em: 18 jan. 2023.

27. DAY CARE, CRECHES OU HOTÉIS DE PET – COM EMPATIA DE FAMÍLIA SUBSTITUTA

A "família substituta", anfitriã de pet, cada vez mais requer empatia em sua hospitalidade, assim como a pedagogia de creches para crianças. Mais que um lugar para ficar, os hotéis de pet dispõem de estímulo que faça o hóspede se sentir à vontade e gastar energia para combater o estresse, conduzindo-o a uma vida saudável e sociável com alimento e água sem negligência, de acordo com a necessidade do hóspede, e não o tempo imposto pelo anfitrião. Cada vez mais os cachorros e os gatos são vistos como membros da família. Deixá-los em um lugar onde são bem recebidos, como se estivessem em casa, é um ato de amor.

O Brasil é o segundo país do mundo no investimento privado nesse segmento, atrás apenas dos Estados Unidos.

O portfólio destes hotéis com empatia de família substituta, restrito ao cão, ao gato ou a ambos, oferecem banhos, massagens, atendimento em acupuntura, assistência médica emergencial, musicoterapia e recreação, incluindo piscina e a opção de dormir em leito individual ou coletivo. A arte de receber bem e proporcionar intimidade ao hóspede, com ele a abanar a cauda e a dar o recado: "estou feliz aqui", está mais no conteúdo emotivo do que na embalagem.

Um livro com uma capa bem-feita tem como objetivo o pensamento "leve-me para casa, dê-me de presente". Inevitavelmente, o livro é produto de mercado e a presente obra não é exceção. Desse modo, ela explora o que lhe beneficia.

A seguir, um espaço que pode ser utilizado como um álbum de fotos tiradas durante a estadia do pet do leitor na família substituta.

28. A ADOÇÃO: PÔR O VERÃO NA VIDA DE QUEM VIVE SOB A TEMPESTADE

Sob a tempestade do abandono está a dor pois, passada a tormenta, permanece o trauma. Para a filósofa e política alemã Hannah Arendt, que sobreviveu ao Holocausto, "Toda dor pode ser suportada se sobre ela puder ser contada uma história"[31].

No divã, quando alguém que foi adotado falar desse fragmento de sua história, o propósito não é recuperar o perdido (o abandono), mas valorizar o achado que é a vida agora. É descobrir que se vive o verão e que a tempestade ficou para trás.

Assim como o abandono de crianças humanas — ou de animais —, também se dá ao próprio corpo da mulher confinado em uma solitária. Eis uma pequena fábula inventada para esta narrativa: as pernas nuas da mulher, sozinhas nas esquinas, à noite ou num belo dia de sol receberam um convite de um micro-pedaço de pano: "Vamos desfilar juntos neste verão?" Ora! Por que não? Desse modo, as pernas da mulher se alforriaram do rebanho, agregando-se de valor social.

O filósofo alemão Arthur Schopenhauer conceituou: "O que o rebanho mais odeia é aquele que pensa de forma diferente, não é tanto a própria opinião, mas a audácia de querer pensar por si mesmo, algo que eles não sabem fazer."[32].

---

31 SUPERINTERESSANTE. *Hannah Arendt: "Toda dor pode ser suportada se sobre ela puder ser contada uma história"*. Disponível em: https://super.abril.com.br/ideias/toda-dor-pode-ser-suportada-se-sobre-ela-puder-ser-contada-uma-historia-hannah-arendt/. Acessado em: 12 dez. 2022.

32 ANTICOLETIVISTA. *O que o rebanho mais odeia é aquele que pensa de forma […]*.

O rebanho se confina numa solitária pelo que o ambiente convenciona. Desde a mentalidade: "é só um cachorro, só um gato" e os descarta nas ruas. É o objeto vivo demolido. Quando acolhido de sua tempestade, para viver no verão, pois grande parte humana os faz casos amorosos, em um lindo verão.

O título do capítulo: "O verão na vida de quem vive sob a tempestade" é visão de outra forma de amor, sem pejorativo a palavras, como "cachorro, cachorra" na estampa de uma roupa. Até empresas destacam sua logomarca "cachorro" por se identificarem com a credibilidade canina. No Capítulo 31 será abordada a criação da teoria de personalidade psicodramática quando, brincando, seu autor vê a cadeira de Deus vaga. Presentifica aquilo ainda não vivido com o cérebro desafiado a desenvolver nova competência. Assim em vez de a cerimônia prescrita de casamento entre humanos, em que há convidados ansiosos para que acabe logo, a união do homem e do cachorro, e do homem e do gato, é outra perspectiva, quando criativamente, como já referido no capítulo 10, o casamento de Emily com seu cachorro e Uwe Mitzscherlich com sua gata Cecília, ele tendo de recorrer a uma atriz para realizar a cerimônia.

Numa feira de adoção, se por acaso uma estrela do cinema doar sua imagem, com seios nus – símbolo acolhedor –, para realizar a cerimônia, o poder do contexto sensibilizaria o meio para entender. Bem como no grupo, se alguém vir essa cadeira de estrela vaga, nessa brincadeira, o cenário de cinema ao vivo impactante, cabe cobrar o ingresso. O de casamento, levar presente. A notícia gerada pelo impacto criado na defesa de uma boa causa atrai doações de fabricantes de produtos veterinários, ração animal e vestuário de moda que se beneficiam com a divulgação.

Twitter: @anticoletivista. Disponível em: https://twitter.com/anticoletivista/status/1299144618672521216. Acessado em: 12 dez. 2022.

29. QUEM É QUEM: CACHORRO OU CADELA? NÃO É O CACHORRO. NEM A CADELA

AMIGO CACHORRO

Nas palavras do poeta mineiro Belmiro Ferreira Braga, membro da Academia Mineira de Letras: "Pela estrada da vida, subi morros desci ladeiras e afinal te digo: se entre amigos encontrei cachorros, entre cachorros encontrei-te amigo. Hoje para xingar alguém, recorro a outros nomes feios, pois entendi que elogio a quem chamo de cachorro desde que este cachorro eu conheci"[33].

Em poucas palavras o poeta satiriza, poeticamente: quem é quem: cachorro ou cadela? Não é o cachorro. Nem a cadela. E não é mesmo.

Ao falar mal de Joaquim, antes, fala de si, do que de Joaquim, visão psicanalítica.

— Ao falar bem do cachorro, fala de si e do cachorro.

— Ao falar mal, só de si fala.

O cachorro é fiel em sua amizade ao homem. O homem é que o trai. Que contraponto ficaria de pé? Nenhum.

---

[33] WIKIPÉDIA. *Belmiro Ferreira Braga*. Disponível em: https://pt.wikipedia.org/wiki/Belmiro_Ferreira_Braga. Acessado em: 12 dez. 2022.

No amor conjugal, a "pulada de cerca", termo usado no Brasil, quantitativamente, é antes regra que exceção.

Brincar, desde se vestir com modelos de roupa que impactam e hipnotizam olhares diante das estampas; "chame-me de cachorro; eu sou ele"; "chame-me de cachorra ou de cadela; eu sou ela". Com esse ato não só homenageia o cachorro e a cadela, mas, principalmente se elogia pela identidade, homenageia a si mesmo e ao cachorro e a cadela.

30. A GRATIDÃO SE MOSTRA EM QUEM É HOMENAGEADO

A gratidão a Sebastião José de Carvalho e Melo — o Marquês de Pombal e Conde de Oeiras, que foi um nobre, diplomata e estadista português durante o reinado de D. José (1750-1777).

A Praça do Marquês de Pombal, em Lisboa, Portugal, situa-se entre a Avenida da Liberdade e o Parque Eduardo VII, onde se ergue o monumento Marquês de Pombal, inaugurado em 13 de maio de 1934. Nessa praça, tiveram lugar os acontecimentos decisivos que levaram à Proclamação da República Portuguesa em 5 de outubro de 1910.

Depois do terremoto de 1755, que provocou ruínas em Lisboa, Sebastião liderou forças que ajudaram a reconstruir parte do que foi destruído.

A gratidão – do latim, gratus, traduzido como "agradecido" ou "grato", bem como a derivação gratia, com significado de "graça" – foi o que produziu a homenagem.

Na relação universal do homem com as demais espécies animais, a visão que se tem deles é utilizada como referência para o monumento: o leão é o rei de todas as espécies animais e compõe o monumento constituído por pedestal em pedra trabalhada, com 40 metros de altura. O Marquês de Pombal é retratado de corpo inteiro, com o braço sobre o dorso de um leão, que simboliza a força, a determinação e a própria realeza.

Faltam homenagens, estátuas no mundo, ao charme do gato, à lealdade e à amizade do cachorro, que hoje em dia são

Figura 10: Monumento ao Marquês de Pombal. Sua estátua com um leão, em bronze, sobre pedestal, cerca de 40 m de altura, em pedra trabalhada, e ostenta 4 medalhões representando os principais colaboradores. Foto: Cristina Michels Alcântara.

agregados à família humana como seus membros, que têm a projeção de "família multiespécie".

A logomarca do cachorro transmite numa ferramenta estilística e sublinhar da liberdade de expressar conteúdos emotivos, sem se descomprometer com a verdade do que se propõe.

Em Portugal, em 2020, segundo o site Idealista/News[34] 3,2 milhões de seus moradores afirmaram ter pelo menos um cão (equivalente a aproximadamente 37% dos habitantes do continente). No caso dos gatos, índice parecido: 2,7 milhões (31,5% dos residentes do país). Assim nasce a bandeira de

---

34 Quantos portugueses têm cães e gatos em casa? Disponível em: https://www.idealista.pt/news/financas/lar/2020/08/21/44373-quantos-portugueses-tem-caes-e--gatos-em-casa. Acessado em: 27 fev. 2023.

defesa deles, como o Partido das Pessoas, dos Animais e da Natureza (PAN), fundado em 2009 e inscrito oficialmente em 2011 no Tribunal Constitucional.

Portugal e Brasil, que já foi sua colônia, falam o mesmo idioma (português). A independência, no entanto, dá-se em 7 de setembro de 1822, pelo grito de um nativo português: D. Pedro I (o Pedro de Alcântara). Em 1910, inicia-se a época republicana portuguesa, com o regicídio (ato de assassinar um rei) do Rei Carlos e de seu filho, o Príncipe Real Luís Filipe, por antimonarquistas.

O sucesso da vida está em focar o novo e desfocar o velho, o passado dispõe de memória, e os monumentos erguidos destacam a memória dos olhos.

Brasileiros e portugueses focam suas novas perspectivas, mas a memória dos olhos, como o mesmo idioma, é a história ter o fragmento histórico que os uniu.

Nessa breve história da relação do homem com o cachorro e o gato, muitos povos se unem. Em dois capítulos se retorna ao passado dos dois continentes.

31. FORA DO REBANHO, VÊ OS PONTOS CEGOS NO REBANHO QUE O IMPEDEM DE VER A CADEIRA DE DEUS VAGA

O cérebro, ainda na fase de loteamento: sem construções, na criança, ela decora o idioma, ainda assim, ela é uma criadora, como Deus, que cria. Esse nível ou "esse status de Deus está muito mais próximo da humanidade, como está a mãe de seu filho durante a gravidez. [...] Um ser em crescimento, em fermentação, em ativa formação, imperfeito, que se esforça por chegar à perfeição e a completação".[35]

Tudo começa por um nível, que vai subindo e pode chegar à cadeira de Deus, próxima do teto. Jacob Moreno foi o criador do psicodrama e, segundo ele, teria ministrado a primeira sessão de psicodrama, sem ao menos saber, em uma brincadeira, ainda criança, aos 4 anos e meio de idade. Seus pais moravam à margem do Rio Danúbio e, num domingo, saíram para fazer uma visita deixando-o sozinho no porão da casa com alguns filhos dos vizinhos. Era um cômodo cerca de quatro vezes maior do que os quartos da casa. E lá havia uma grande mesa de carvalho bem no centro.

As crianças propuseram:

"Vamos brincar." Um deles perguntou: "De quê?"
"Já sei, — disse eu — vamos brincar de Deus com

---

[35] MORENO, Jacob. *Psicodrama*. 9. ed. São Paulo: Cultrix, 1993. p. 81.

os anjos." As crianças indagaram: "Mas quem é Deus?" E eu respondi: "Eu sou Deus e vocês os meus anjos." Todos concordaram. Uma delas declarou: "Primeiro devemos construir o céu." Arrastamos todas as cadeiras que havia nos vários quartos e salas da casa para o porão, colocando-as sobre a grande mesa e começamos construindo um céu após outro, atando várias cadeiras umas às outras num nível e pondo mais cadeiras em cima daquelas, até alcançarmos o teto."[36]

Depois de criado o céu, as crianças começaram a dar voltas ao redor da mesa, usando os braços como asas e cantando. O autor continua: "De súbito, ouvi uma criança perguntando-me: 'Por que não voas?' Estiquei os braços, tentando fazê-lo. Um segundo depois, despencava e dei comigo no chão, o meu braço direito fraturado." Os céus, até chegar ao teto, podem ter preparado o caminho aos variados níveis do palco psicodramático. O primeiro nível dá-se pela concepção, o segundo pelo crescimento, o terceiro pela completação, como ao fazer o gol da vitória, o quarto — a galeria — o nível só alcançado pelos heróis.

Antes do gol há a concepção de como fazê-lo; o drible — que disfarça que chutará a bola para um lado, para abrir caminho no outro, todavia é regra sem desonestidade.

Um "bom dia" ou "boa tarte", no entanto, reflete "quebra de gelo", aquecendo relações. Embora possa ser transformado em isca que esconde um anzol, assim como nas vésperas das eleições, como candidato, no Brasil, em Brasília, pastel mastigado de boca aberta é isca que atrai; pois uma vez que é carne. Também o churrasco prometido para se dar na fase do telhado da construção, sem ao menos pensar em quem nela trabalha — quanto mais depressa, menos tempo dura o emprego, é peixe fisgado pela boca.

---

36 Idem. p. 50-51.

Cada um vê a cadeira de Deus, vaga, à sua maneira. E a suposta nomeação do monarca pela divindade, bem como a tentativa de destituir o rei do trono, ainda tratada como contestação à vontade de Deus era a verdade conveniente proclamada. Mas, uma vez rei ou rainha, príncipe ou princesa, essa imagem de poder dispõe de admiração social.

Aquele sem asas a elogiar quem voa é a sátira contida na fábula "O corvo e a raposa", em que o pássaro captura uma fatia de queijo boiando na água, alça voo para saboreá-la no alto de uma árvore e se surpreende com o ressoo vindo lá de baixo: "Que pássaro magnífico. [...] Que beleza estonteante! Que cores maravilhosas!". E, ao perceber a vaidade do pássaro, provoca-o: seria "uma voz suave para combinar com tanta beleza! Se tiver, não há dúvida de que deve ser proclamado rei dos pássaros"[37].

Por trás do que cada um diz não é imune de ser um anzol; disfarça ser isso para conseguir aquilo, mas, à medida que nuanças são percebidas, suas facetas são decifradas.

Senta-se na cadeira de Deus quem é capaz de superar problemas. Sem superá-los, no entanto, mas ainda assim, ter aprovação do rebanho quando deveria dar bomba, o rebanho é o problema.

Sobremodo, quem ama os animais — referência da abordagem —, mas aprova para governar quem não tem propósito de superar as populações de cachorro e gato de rua, com esse ato lava as mãos diante das crucificações deles cotidianamente.

---

[37] SITE DO PASTOR. O corvo e a raposa. Disponível em: https://sitedopastor.com.br/o-corvo-e-a-raposa/. Acessado em: 13 dez. 2022.

32. A SENHORA DE SI: A CABEÇA QUE NÃO SABE USAR A SI MESMA CRIA SUA SENTENÇA

Theodore Roosevelt, presidente dos Estados Unidos de 1901 a 1909, afirmou: "Um voto é como rifle: sua utilidade depende do caráter de quem usa"[38].

O voto é o poder em mãos. No Brasil, três quartos dos eleitores são oriundos das camadas sociais pobres, por assim dizer, com sua fatia de queijo no bico, metáfora da fábula "O corvo e a raposa", anteriormente referida.

Coletivamente distinguem-se posições de existir e sem saber usar o rifle (arma do voto), ele é atraído pela retórica da raposa para surrupiar o queijo no bico do corvo. E assim a cabeça, senhora de si, cria a sentença do seu destino.

Sem o acesso à escola pública de qualidade, assim como à saúde, perpetua para o todo e sempre, a mesa que é do rico e a que é do pobre, bem como o cachorro e o gato com donos e os animais que vivem na rua.

Sem aplicar a prova do voto, a sociedade reelege gestores que deveria dar bomba, como na cidade com cachorros e gatos de rua pela propriedade mental de responsabilidade e propósito vazios para a superação. Revelação de aluno que não fez o dever nem a prova de recuperação nem tomou bomba.

---

[38] PENSADOR. Um voto é como uma arma, sua utilidade... Disponível em: https://www.pensador.com/frase/MjEyNTIxMQ/. Acessado em: 13 dez. 2022.

Nos países de primeiro mundo, mudanças vêm ocorrendo, como o parlamentar francês que criou leis que proíbem a venda de filhotes de cachorro e gato nos "pets shops". Desse modo, distinguem o caráter (a cabeça), o país (primeiro e terceiro mundo), o gestor (com propósito ou sem ele), o rebanho que não distingue o desempenho, do discurso retórico; quando diz que vai fazer, é por que não vai, só para convencer.

33. O SEIO BOM FEZ O CASAMENTO DO LIVRO E DA CANETA

Afinidades, vínculos entre indivíduos, à medida que cria configurações externas de cada integrante social num grupo, dispõe de uma ordem de grandeza, embora despercebidamente. É aí que entra a sociometria, termo derivado do latim pela junção das palavras, socius (social) que se compõe de companheiros e metrum (medida) que mede configurações. Com essa ferramenta operante gera a ação que realiza e sua completação com aplauso da galeria. Essa é uma formulação sociométrica.

O caminho de volta à jornada. A completação do primeiro grau, em que passa pelo ginásio. A palavra *gymnasion* era usada na Grécia Antiga para designar o local destinado à educação física e intelectual dos rapazes. Na completação (a formatura), no entanto, a escola paga havia se transformado em escola pública com os mesmos alunos. E a então primeira diretora, Lydia Alvarez Perez, trabalha por trás das cortinas a peça para a apresentação desse teatro sociométrico de interação entre atores e plateia. O bom desempenho nesse tipo de atletismo surpreendeu-nos com a medalha. No tema em debate; o da família multiespécie, a produção deste livro sobre outra forma de vinculo, destacam fontes, desde a semente da inspiração de escrever livros, entre eles, o atual. Ao fazer o caminho até si mesmo, o tomamos de volta até o fragmento histórico; fonte do que vem depois.

O presente composto de uma caneta e um livro: *O Pequeno Príncipe*; de Antoine de Saint-Exupéry. Uma caneta e um livro refletem o desafio da aprendizagem — escrever —, a completação que é o livro. São pares enamorados. Com a celebração do encontro, a cerimônia faz-se o lugar do avivamento do espírito vitorioso, torna-o mais vivo, ativo para uma nova etapa de vida, uma renovação espiritual. E esse é o simbolismo no homem: "Assim como uma planta produz flores, assim a psique cria os seus símbolos"[39].

Nas configurações – apresentação externa –, a primeira valsa que danço com a então primeira-dama, Marilene de Freitas Mendes, no baile de formatura, internamente nos sentimos um pequeno príncipe entre outros nesse fragmento histórico de cada um, a gratidão brota de dentro desse "seio bom", uma parte de quem o compôs (*in memoriam*). E que o aqui descrito, também metafisicamente, um avivamento espiritual.

---

39 JUNG, Carl G. *O homem e seus símbolos*. Rio de Janeiro: Harper Collins, 2016. p. 64.

34. HORAS NEBULOSAS DO INDEFESO SÃO PONTOS CEGOS EM QUEM O ABANDONA

Houve o ponto cego medieval obscurecido da sabedoria da natureza com a amamentação terceirizada. Mudam os tempos, filhotes não humanos começam a ser proibidos de separação das genitoras antes dos seis meses de idade, como na lei britânica seguida por lei francesa, de 2019. Na França, nesse mesmo ano, quase 700 mil e-mails foram enviados pedindo a mudança da lei, que via cachorros e gatos como objetos de propriedade, e não como seres vivos.

Na Austrália, propagou-se em todo o país a proibição de reproduzir cachorros e gatos para fins comerciais com o intuito de pôr fim às "fábricas" de filhotes de animais domésticos. Segundo o The Greenest Post, no segundo semestre de 2020, no estado de Victoria, onde fica a metrópole Melbourne, foi sancionada a lei que proíbe o emprego pela exploração do útero de cachorras e de gatas sem a regulamentação da venda de animais em feiras, parques, sites, clínicas veterinárias ou outros estabelecimentos comerciais. Essa lei foi inspirada na história de Oscar, um cão resgatado em péssimo estado físico e psicológico pela ativista Debra Tranter, que criou a Oscar's Law, organização dedicada a abolir as fábricas de animais domésticos na Austrália.

Em 18 de novembro de 2021, a França aprovou um projeto de lei que proíbe a venda de filhotes de cachorro e gato em pet shops a partir de 1º de janeiro de 2024. O arcabouço da regulamentação é abrangente.

"Os legisladores franceses votaram pelo fim da utilização de animais selvagens em circos", com penalidades para infratores, as apresentações de animais silvestres serão proibidas, porém, com prazos gradativos, que se estendem até sete anos depois da aprovação da lei, em debate desde 2020. "Além das medidas contra os circos, a nova lei aumentará a penalidade máxima por maus-tratos a animais para até cinco anos de prisão e a multa de 75.000 euros, e aumentará as restrições à venda de animais de estimação", segundo o site Green Savers, em 1 de dezembro de 2021[40].

O mais importante são as mudanças que vêm ocorrendo no mundo. Com bebês humanos, regulamentações obscurecidas da sabedoria da natureza, na Era Tudor, fazia até rainhas entregarem seus bebês às amas de leite: isso não era uma escolha, essa função tinha de ser terceirizada.

Catarina de Aragão foi a primeira esposa de Henrique VIII, em 1509. Ana Bolena, sua segunda esposa e rainha. David Starkey e Alison Weir documentam que esta última manifestara sua vontade de amamentar sua filha, Elizabeth, e Henrique a proibiu.

"Quando estavam sozinhos, Ana voltou-se feroz para Henrique. — Queria mantê-la comigo. Queria alimentá-la do meu próprio peito. Qual é o problema... Olhos nos olhos, Henrique lentamente disse à esposa: — Não se esqueça que eu a ergui à Rainha da Inglaterra. Peço que não se comporte como uma plebeia."[41] A ama de leite, na realeza ou nobreza, deslocava-se para morar com a criança. As outras crianças iam viver com ela, que podia cuidar de várias.

No Brasil, para amamentar em tempo real o próprio neném, onde quer que a mulher esteja, foi necessária a criação do Projeto

---

40 Green Savers. *França proíbe circos com animais selvagens, espetáculos de golfinhos e quintas de visons*. Disponível em: https://greensavers.sapo.pt/franca-proibe-circos-com-animais-selvagens-espetaculos-de-golfinhos-e-quintas-de-visons/. Acessado em: 27 fev. 2023.

41 PLAIDY, Jean. *Assassinato real*. Rio de Janeiro: Record, 2000. p. 276.

de Lei PSL n. 514/2015 da bancada feminina do Senado Federal para penalizar essa desproteção. PSL se arrasta em sua aprovação: só em 2019 saiu do Senado para a Câmara dos Deputados.

A intervenção da sociedade no corpo da mulher não se deu só em sua vagina (a virgindade), mas no próprio direito de amamentar seu bebê.

A COMPETIÇÃO ENTRE O PÊNIS E A VAGINA

— *A tu é concedido o privilégio de me receber* — *provoca o pênis.*
Ela responde ao ultrage:
— *Ora! Sou a rainha. É tu que te levantas para me honrar. Quando eu entrar no parlamento.*

É peculiaridade pensar fora da caixa que a vagina seja uma rainha. A sabedoria da natureza, em sua metodologia de perpetuar a espécie, integrou a versão oposta do pênis: a vagina. Eles se entendem assim como os seios com leite e um bebê. Contudo, na sociometria da família, com os filhos a ver quem manda, o pai aprova mais os do sexo masculino — visão deslocada para a figura de outros homens.

Paridade quantitativa entre homem e mulher é escolha da natureza, mas da mulher, estudar, preparar-se, trabalhar fora e ter paridade de armas com o homem.

Os seios são fonte da vida (instinto da mulher), amamentam. O fato de parlamentares mulheres defenderem leis para mães amamentarem seus filhos sem convenções reflete a representação dos seios na casa do povo.

35. O APRENDIZ, LUÍS XIV, HENRIQUE III, EDUARDO III, O PALÁCIO MULTIESPÉCIE

Sem o poder dos dragões, os recalques de vida são transferidos para os inocentes, como os integrantes animais urbanos. Assim, Jerome e Léveillé, aprendizes de uma tipografia francesa, no século XVIII, embasam a fonte do massacre de gatos (documentado na biblioteca da Universidade de Oxford, na Inglaterra), descrito por Nicolas Contat, no fim da década de 1750.

O evento aconteceu na cidade de Paris em meados de 1730, na gráfica de Jacques Vincent e seus aprendizes (codinomes), que lá aprendiam o ofício e dormiam, com o desfecho de massacrarem os gatos que os incomodavam com seus miados noturnos.

Ocorria a transferência do recalque sofrido com humanos para novos massacres ao darem aos gatos o mesmo tratamento que avaliavam receber da sociedade que lhes empregava.

Porretes e pedaços de madeira eram as ferramentas da caça aos gatos, produzindo o delírio do divertimento, espancando, assassinando, simulando julgamentos e criando armadilhas para os felinos que conseguissem encontrar no caminho.

O episódio era encenado em diferentes momentos, com imitações feitas pelos aprendizes que levavam os funcionários a gargalhadas. À época, o "seio bom" não se despia para os gatos, ao contrário, o "seio mau", o que está dentro do homem e que o entona em ocasião, como no carnaval, com gatos usados para satirizar outros homens, sobremodo os ricos, e passar o bichano de mão em mão para que os pelos fossem arrancados e, se pudesse, ouvir seus gritos.

Com poder de dragões, mas manifestando-se pela construção e o belo, na França, do Palácio de Versalhes, por Luís XIV, assim como Henrique III e Eduardo III na construção e reforma do Palácio de Windsor, em Berkshire, na Inglaterra.

Sem porretes, mas pela guerra do pensamento, no Iluminismo, François-Marie Arouet, referido como Voltaire, contemporâneo do massacre de gatos, posicionou-se: "Deus não existe, mas não conte isso ao meu servo, para que ele não me mate durante a noite"[42].

Voltaire foi um filósofo francês entre as figuras do Iluminismo, afetou tanto a Revolução Francesa quanto a Americana. Escritor político e satírico, usou suas obras para criticar a Igreja Católica e as instituições francesas de seu tempo. Notabilizou-se por dirigir críticas aos reis absolutistas e aos privilégios do clero e da nobreza.

Quando as ideias veem a cadeira de Deus vaga, elas tomam conta, com Deus incorporado nas próprias ideias, em sua visão de paz, amor e inclusão. Deus, lá atrás, chama atenção hoje. Em dezembro de 2014, o *The New York Times* noticiou em primeira página declarações do Papa Francisco. O pontífice teve como fonte a Sagrada Escritura, sobre o projeto de Deus, o qual afeta tudo ao redor: "Também ela (a criação), será libertada do cativeiro da corrupção, para participar da gloriosa liberdade dos filhos de Deus". Além de outros textos se referirem à imagem do "novo Céu" e da "nova Terra", o universo todo é renovado e liberado de todos os vestígios do mal e da própria morte. O que virá, portanto, será "uma nova criação; não é uma aniquilação do Universo e de tudo o que nos rodeia, mas é trazer tudo para a sua plenitude de ser, verdade, beleza".

---

42 HARARI, Yuval Noah. *Sapiens — Uma breve história da humanidade,* Porto Alegre: L&PM, 2018. p. 155.

Figura 11: À esquerda, Marina Elias Brasileiro, à direita, sua mãe, Fátima Elias. Foto: Marcelo Elias Brasileiro.

Figura 12: Palácio de Versalhes. Foto: Cristina Alcântara.

A palavra corrupção designa o ato ilícito para se beneficiar. E à medida que se vive no cativeiro da corrupção, ele é como o enredo do inferno de Dante Alighieri: uma vez dele prisioneiro, não há porta de saída. O inferno é a primeira parte da Divina Comédia, seguido do purgatório e do paraíso[43].

Não foi para produzir a guerra e, sim, a paz que a casa de Deus se materializou: o Palácio do Vaticano, complexo ao lado da Basílica de São Pedro, com cerca de 11.500 aposentos e 20 pátios, que atrai visitantes do mundo todo.

Deus se manifesta pela ideia do "seio bom": anatomicamente ele é, antes, imagem feminina, de seios, do que masculina.

Um paraíso tem imagem de palácio, não de casebre. Contudo, o céu não é erguido com tijolos da corrupção, de atos ilícitos.

O Palácio de Versalhes, patrimônio mundial da Unesco, está localizado na cidade de Versalhes, aldeia rural à época de sua construção. Atualmente, faz parte do subúrbio de Paris. Em 1682, Luís XIV se muda de Paris até ser forçado a voltar à

---

43 WIKIPÉDIA. *Dante Alighieri*. Disponível em: https://pt.wikipedia.org/wiki/Dante_Alighieri. Acessado em: 14 dez. 2022.

capital em 1789. A Corte de Versalhes foi o centro do poder do Antigo Regime na França.

Sua construção foi iniciada em 1664, mas demorou mais de um século e para se tornar modelo de residência real na Europa. Em suas sucessivas ampliações, torna-se o maior palácio do mundo. Versalhes é famoso não só pelo edifício, mas por ser símbolo da monarquia absolutista que Luís XIV sustentou. O Palácio de Versalhes tem 2.153 janelas, 67 escadas, 352 chaminés, 700 quartos, 1.250 lareiras e 700 hectares de parque. É um dos pontos turísticos mais visitados da França.

O palácio conta com um laranjal, o Grande Trianon, as alas norte e sul, a capela e a Galeria de Espelhos (onde foi ratificado, em 1919, o Tratado de Versalhes). Foi inaugurado em 1681, salão com 73 metros de comprimento, 12,30 metros de altura e iluminado por dezessete janelas que têm à sua frente espelhos que refletem a vista dos jardins; esse salão foi criado pelo arquiteto Jules Hardouin-Mansart.

Paris se fez na ameaça da guerra civil entre facções rivais de aristocratas, chamada de Fronda. O monarca queria um local onde pudesse organizar o governo da França com o poder absoluto.

Em 1837, o palácio foi transformado em um museu de história. Está cercado por uma grande área de jardins, plataformas simétricas com canteiros, estátuas, vasos e fontes trabalhados.

O Castelo de Windsor, localizado em cidade do mesmo nome, em Berkshire, Inglaterra, denota a imagem da realeza e britânica, obviamente por sua arquitetura. O castelo original foi construído no século XI. É o castelo há mais tempo habitado de toda a Europa. Seus luxuosos apartamentos de Estado, do início do século XIX, são arquiteturalmente significantes.

Foi originalmente projetado para proteger a dominação normanda nos arredores de Londres. Henrique III construiu um palácio luxuoso dentro do castelo durante a metade do século, com Eduardo III a reconstruí-lo e a produzir um conjunto ainda mais grandioso de edifícios. A maior parte do projeto de Eduardo durou até o período Tudor, no século XVII.

Houve o Henrique VII (reinado de 1485 a 1509), depois Henrique VIII (1509-1547), com seu sucessor e filho Eduardo VI (1547-1553), a prosseguir o pai na religião, e sua irmã Maria I (1553-1558), casada com Felipe II, rei da Espanha que restabelece o catolicismo e persegue os protestantes. Elizabeth I (1558-1603), filha mais nova de Henrique VIII, restabelece o anglicanismo.

A Rainha Elizabeth I reina de 1558 a 1603, amplia o poder real e a obra de Henrique VIII, seu pai, bem como consolida a Igreja Anglicana. Morre sem deixar herdeiros, quando sobe ao trono seu primo Jaime I, que dá início à dinastia Stuart, em seu reinado (1603 a 1625), sem abrir terreno para outras religiões.

Mary Stuart, rainha da Escócia, com apoio de católicos e Felipe II de Espanha, conspira contra Elizabeth I (sua prima anglicana) para tomar o trono da Inglaterra. Descoberta a

Figura 13: Cristina Alcântara no palácio de Versalhes. Foto: Mamede de Alcântara.

Figura 14: Castelo de Windsor, em Berkshire, na Inglaterra. Selfie do casal, por Cristina Alcântara

conspiração, os envolvidos são executados, menos Maria, pelo receio de que, com sua morte, o herdeiro escocês, seu filho Jaime, inicie uma guerra contra a Inglaterra. Havia, ainda, o perigo de insurreição católica no país. Elizabeth , então, oferece a Jaime uma suposta chance de ele ser o herdeiro do trono inglês sob a condição de aceitar a execução de sua mãe.

O problema não é a ideia de um céu, uma sublimação que destrói a finitude, no transitório da vida, mas como essa ideia é construída. Desse modo, a "nova Terra", o "novo Céu," reflete uma inclusão do que não é igual à sua volta, e a "família multiespécie" é essa sublimação, a "nova Terra e o novo Céu", magicamente em uma simples caixa de papelão. Sem roupa, com diferenças, mas não sem amor.

36. SÍMBOLOS DA PAZ

O Estado Livre do Congo, entre 1885 e 1908, esteve sob o domínio do soberano Leopoldo II, segundo rei da Bélgica (1865-1909), pela motivação econômica desse território 76 vezes maior que a Bélgica, classificou-se entre as áreas de maior cultivo no mundo e abundância de recursos minerais. A força privada mercenária belga recorria ao terrorismo, como assassinar e decepar membros de congoleses.

Figura 15: Atomium de Bruxelas, na Bélgica. Foto: Cristina Michels Alcântara.

Oficiais brancos comandavam soldados locais, muitos deles canibais de tribos no alto do Congo. A fuga de suas vítimas ou o descumprimento de metas transferia o castigo para a esposa ou filhos. Estima-se terem matado milhões de congoleses e incapacitado outra magnitude cortando seus membros e órgãos genitais. Um censo de 1924 indicou que cerca de dez milhões de habitantes, equivalente à metade da população, perderam a vida durante a colonização belga.

Em 1904, um congolês, Nsala Wala, olha a mão e o pé cortados de sua filha de 5 anos pelos membros da milícia da Companhia Abir Congo de Borracha. Ele não havia atingido a cota de colheita de látex do dia. Mataram a sua esposa e sua filha Boali (supostamente canibalizaram a filha e mãe).

O atual rei da Bélgica, Philippe, desde 2013, por ocasião do 60º aniversário da independência do Congo, manifestou seu pesar em carta ao presidente Felix Tshisekedi da atual República Democrática do Congo (RDC): "Eu quero expressar meu mais profundo pesar por estas feridas do passado, cuja dor é revivida hoje pela discriminação ainda presente em nossas sociedades"[44].

De Leopoldo II, segundo rei da Bélgica, ao Atomium, em Bruxelas, símbolo de uso pacífico da energia nuclear: são os tempos mudando.

O Atomium tem 102 metros de altura, nove esferas revestidas de alumínio com 18 metros de diâmetro conectadas entre si por tubos com escadas rolantes e mais de 23 metros de comprimento. O Atomium é o átomo de ferro ampliado em 165 bilhões de vezes, edificado no final dos anos 1950, para a Exposição Universal de 1958, feira mundial sediada em Bruxelas. Ele é para Bruxelas o que a Torre Eiffel é para Paris: ambos foram criados para surpreender o mundo durante a exposição universal de cada cidade em sua simbologia futurista. Ambas as edificações estão de pé até hoje.

O homem dá prejuízo, sobremodo à medida que sua agrese são à vítima não é vista como ilícita. Galeno, médico fisiológico do século II "ignorava tabus sociais que condenavam a dissecação de seres humanos, examinando os corpos de vítimas de batalhas atacados por pássaros, mas trabalhava principalmente com porcos e macacos". Além disso, "Ele não hesitava em operar animais vivos amarrados com cordas. Galeno analisou corações

---

44 UOL. *Rei da Bélgica expressa pela 1ª vez "pesar" pelo passado colonial no Congo.* Disponível em: https://noticias.uol.com.br/ultimas-noticias/afp/2020/06/30/rei-da-belgica-expressa-pela-primeira-vez-pesar-pelo-passado-colonial-no-congo.htm. Acessado em: 15 dez. 2022.

que ainda batiam, arrancou uretras para demonstrar como bexigas e rins funcionavam e cortou espinhas para investigar quais partes do corpo ficavam paralisadas"[45].

Conduta totalmente desnecessária na formação de psicólogos, da qual nós integramos, entre os anos 1970 e 1990, cérebros de cobaias eram extirpados em laboratórios para mostrar que o pombo ainda voava, debatendo-se, mesmo após a retirada do órgão. Um membro amputado coça em quem o perdeu, sem cérebro ainda se debate.

A identidade de médicos – de homens e de animais – é a de prestar assistência à saúde. Esses dois tipos se distinguem pelo paciente. Em países como o Brasil, com população de aproximadamente 52 milhões de cães e 22 milhões de gatos, integra-se a demanda veterinária, bem como a da cadeia alimentar com cenário de se retirar das prateleiras dos supermercados os gêneros de produtos pets, fazendo a carga tributária dos alimentos de animais de estimação subir a casa de cinquenta por cento. A oportunidade do bom encontro para um faz a oportunidade do negócio para o outro.

---

45 FARA, Patricia. *Uma breve história da ciência*, São Paulo: Fundamento, 2014. p. 39.

37. TRAÇÃO ANIMAL NA CARRUAGEM, COM HISTÓRIA CONTADA EM BRUGES, NA BÉLGICA

Figura 16: Centro histórico de Bruges. Foto: Cristina Michels Alcântara.

Bruges, cidade da Bélgica, entre os séculos XII e XV, integrou as principais economias europeias, atraindo comerciantes oriundos dos quatro cantos do mundo. Porém, ao longo do tempo, o rio que ligava a cidade ao mar é assoreado, impedindo o acesso de navios. Assim, a cidade entra no período nomeado de "A bela adormecida", no entanto, ela foi despertada 400 anos depois, quando o turismo passou a alavancar a economia local. Suas edificações medievais no centro

Figura 17: Álbum de três fotos que descreve atrações em Bruges, canais para o passeio de barco e carruagens tração animal. Foto: Cristina Michels de Alcântara.

histórico foram tombadas como Patrimônio da Humanidade pela Unesco, em 2000, e, em 2002, receberam o título de Capital Europeia da Cultura.

O álbum da Figura 17 ilustra o passeio de barco nos canais de Bruges, suas ruas estreitas, o calçamento de pedras e carruagens com tração animal indo e vindo: tudo dá a sensação de viver em um conto de fadas medieval parado no tempo.

101

O cavalo é lindo, pujante, o trote é elegante e sem solavanco. O trajeto é demarcado com pontos para alimento e água em tempo real. A cada quinze minutos de cada passeio, um terço ou cinco minutos do tempo contratado é do cavalo para repor suas energias.

Na relação universal do homem com os animais, Bruges conta a incumbência animal com bom trato, fruto da regulamentação pública responsável.

38. A FONTE MUDOU, MAS SUA ÁGUA JÁ SE FOI

O carrinho elétrico faz desnecessária a tração animal. Na relação universal do homem com o animal, neste capítulo, juntam-se Brasil e Portugal, que têm em comum mais do que apenas o idioma: a charrete, que utiliza tração animal, é herança portuguesa manifesta no Brasil.

Petrópolis, cidade no Rio de Janeiro, tem história imperial e o Estado do Rio de Janeiro foi o precursor na troca da tração animal pelo volante do carrinho elétrico, em 2016, na Ilha de Paquetá. Em 2019, Petrópolis submete-se ao volante no lugar do cavalo, depois de definição via plebiscito.

Figura 18: Carrinho elétrico em Lisboa.

Petrópolis era a cidade preferida do imperador Dom Pedro II, fundada por ele, e onde ele se recolhia para lazer e repouso. Seu nome vem da junção da palavra em latim Petrus ("Pedro") com pólis ("cidade", do grego), portanto, "cidade de Pedro". Petrópolis foi a capital estadual temporária entre 1894 e 1902, em função da Revolta da Armada. É a mais populosa cidade da região serrana fluminense, considerada a cidade mais segura do estado e a sexta do país. Seu clima, suas construções históricas e a vegetação abundante integram sua atração.

Nos dias atuais, o segundo estado mais importante do país é Minas Gerais, sem ainda haver a troca da tração animal pelo volante.

Poços de Caldas, em dezembro de 2011, e São Lourenço, em junho de 2013: a imprensa local noticiou desmaios seguidos de morte dos cavalos que puxavam charretes, enquanto os ocupantes turistas se divertiam. Uma década depois, o passeio em Poços de Caldas dura aproximadamente uma hora, sem descanso, alimento nem água para os cavalos. Além disso, no ponto de partida, o animal se queima no sol enquanto o dono fica na sombra.

A gestão pública da cidade chegou a anunciar a troca da tração animal pelo volante, bem como a inauguração do carrinho elétrico no dia 4 de outubro de 2022, dia de São Francisco. De concreto, um carrinho elétrico foi apresentado, mas sem proibir a charrete de tração animal. O passeio de charrete no Brasil dispõe de procura, o carrinho elétrico, Figura 18, transporte recorrido à beça em Lisboa, indispõe de pouca demanda e há resistência em acabar com a charrete com tração animal.

Sejam o cachorro ou o gato ao deus-dará nas ruas, ou a charrete com tração animal, refletem a sociedade e a parte que discorda faz-se anuente pela passividade de não pôr a boca no trombone e se manter calada.

39. RORSCHACH DEIXA MAGDA NUA

O teste de personalidade de Rorschach, recebeu o nome de seu criador, o suíço Hermann Rorschach, mas é também conhecido como o "teste do borrão de tinta", tendo em vista a ferramenta com lâminas de borrões de tinta apresentada ao testando. Ela radiografa conteúdos emotivos, capturados da personalidade do testando, deixando sua alma nua. É um método reconhecido e utilizado recorrentemente em vários países.

A passividade faz o espírito adoecer. Magda foi um empréstimo de uma personagem de humor de um extinto programa da Rede Globo. Suas cenas sobressaíam-se: "Cala a boca, Magda", com os atores Miguel Falabella, que interpretava seu marido, e Marisa Orth, a Magda.

Essa personagem é alegoria, figura de linguagem, que transmite um ou mais sentidos além do literal. A passividade ou Magda, assim como Deus não tem sexo. O teste de personalidade deixa a sociedade nua em seu adoecimento passivo majoritário; de quem se posiciona de joelhos, cala a boca, em vez de pôr a boca no trombone. No tema em que discute ideias, diante das populações de cachorro e gato na sua agrura. E a civilização dos humanos, envernizada, perfumada, porém, confinada numa solitária passivamente.

A sociedade que opera com base no "cala a boca" quando diante impropriedades está confinada ao que sente pensa, é rebanho artificializado sem autenticidade emotiva; sente o gosto de café com leite, mas sem que haja leite ou café na mistura.

Desde longinquamente, o homem é insensível com as vítimas de outras espécies animais, que esperneiam, gemem de dor, dão o último sopro, viram o olho e se despedem da vida para todo o sempre. Desaprender a violência — raspar o verniz da comédia e tragédia gregas, parar de fingir ser o que não se é — é se descascar ou se desencaixotar para salvar a si mesmo, tendo a coragem de se olhar nu, sem pose, para si mesmo e dizer quem é.

Se doeu
De alma nua
Pegue-a, meu caro!
Ela é tua.

40. O CÃO VISTO PELA LITERATURA, MITOLOGIA, ARTE E CIÊNCIA

Ártemis, na mitologia grega, com seu arco e flecha a tiracolo, é a deusa da natureza, da Lua, da caça, dos animais e guardiã dos cães. A literatura, a mitologia, a arte e a ciência compõem a maneira como o cão é observado, embora haja suas próprias perspectivas, em épocas distintas.

Para Milan Kundera, "Os cães são o nosso elo com o paraíso. Eles não conhecem a maldade, a inveja ou o descontentamento. Sentar-se com um cão ao pé de uma colina numa linda tarde é voltar ao Éden, onde ficar sem fazer nada não era tédio, era paz"[46].

Na análise genética da história evolutiva dos cães[47] chegou à conclusão de que todas as raças de cães conhecidas hoje, a fonte

Figura 19: Deusa Ártemis, escultura de 2 metros de altura; autor desconhecido, localizada no museu do Louvre. Foto: Cristina Michels de Alcântara.

---

46 BLOG PETIKO. *Frases que todos os que amam os cães devem saber*. Disponível em: https://blog.petiko.com.br/frases-que-todos-que-amam-os-caes-devem-saber/. Acessado em: 15 dez. 2022.

47 A eva dos cães e gatos. *Veja*. Disponível em: https://www.agrolink.com.br/saudeanimal/noticia/a-eva-dos-caes-e-gatos_97639.html. Acessado em: 27 fev. 2023.

é uma única ou linhagem primitiva — seu DNA, proveniente de lobos que foram domesticados entre 14.000 e 11.000 anos atrás no sul da China.

Para concluir a domesticação para o abate, "os pesquisadores do Instituto Real de Tecnologia, da Suécia, basearam-se em achados arqueológicas, ocorridos na China, de ossos caninos entre restos de comida".

41. A EVA GATA

Os gatos descendem de uma única subespécie: a do gato selvagem. Por terem menos genes (carga hereditária), para incumbências, do que cães, foram mais ignorados nas seleções artificiais. Segundo os cientistas, essa preservação os fez menos afetados pelo meio humano ao redor e os conduziu na locomoção urbana para sobreviverem sem ajuda do humano mais facilmente do que o cão.

Eles chegaram mais tarde do que os cães no grupo gregário humano. Um estudo da Universidade de Oxford, na Inglaterra[48] concluiu que os primeiros gatos que faziam parte de povoados humanos viveram há cerca de dez mil anos no Crescente Fértil, região entre Israel e o Iraque, que abrigou os primeiros povoados humanos fixos.

Os cientistas compararam o DNA da Eva mitocondrial com 979 gatos domésticos e selvagens, fazendo a análise de cromossomos dos gatos, como a efetuada em testes de paternidade e na identificação de cadáveres, concluíram que o plural de raças conhecido hoje tem como Eva mãe, única subespécie selvagem, a Felis silvestris lybica.

Gravuras e cerâmicas de dez mil anos atrás mostram que os gatos já faziam parte do cotidiano das aldeias. Em 2004, arqueólogos franceses descobriram na Ilha de Chipre, uma ossada humana sepultada ao lado de um pequeno gato. O achado de 9.500 anos robustece a vida dos gatos selada à dos humanos nos primeiros barcos que povoaram as ilhas do Me-

---

48 REVISTA VEJA. A Eva dos cães e gatos: a reconstrução da história do DNA dos dois animais prediletos. Disponível em: https://www.agrolink.com.br/saudeanimal/noticia/a-eva-dos-caes-e-gatos_97639.html. Acessado em: 20 mar. 2023.

diterrâneo. Milênios depois, os gatos encantaram os egípcios, que, há cerca de 4.000 anos, os mumificavam e imaginavam representar deuses em forma de felinos. A árvore genética dos cães e gatos deu uma extensão ainda mais precisa do início de quando eles se misturaram aos humanos.

Outro estudo, o "tipo de relacionamento mantido entre homens e gatos pode estar mais próximo da relação inter-humana do que se pensava"[49] feito pela Universidade de Viena, publicado na revista especializada Behavioural Processes, se deu entre 2005 e 2006 com 39 humanos e seus gatos. Na análise do questionário que os participantes preencheram, os pesquisadores fizeram a distinção de gatos com maior tempo dentro de casa, e essa conduta embasou a companhia e amizade maior. Os "mesmos tipos de comportamento não são observados em gatos que são criados mais livres", concluiu o estudo. Àqueles com mais tempo nos jardins, portanto, longe dos donos, não foram constatados fatores temporais, como o humor momentâneo do dono, pudessem ser levados em consideração pelo bichano, revelando a mesma mecânica de pais humanos ausentes, os quais os filhos veem, antes, como provedores do que como amigos com quem se abrir.

Concluiu o estudo que "a ligação entre gatos e seus donos depende diretamente da personalidade, sexo e idade de ambos, dos sentimentos pontuais e do tempo de convivência entre os dois, características verificadas nos relacionamentos entre seres humanos".

E a conclusão de haver complexidade da amizade: "entre donos homens e gatos machos, mulheres e gatas, gatos e mulheres e homens e gatas." O maior tempo de intimidade com

---

[49] Gatos e humanos têm relações mais complexas do que se pensava. *Época*, 25 fev. 2011. Disponível em: https://crmvsp.gov.br/gatos-e-humanos-tem-relacoes-mais-complexas-do-que-se-pensava/. Acessado em: 27 fev. 2023.

o dono dá a graduação da amizade, consideração de membros da família ou ainda filhos de seus donos, de acordo com o resultado do questionário preenchido por cada participante.

Há contribuições emocionais de ambos os lados: se um dono faz carinho no seu gato quando ele pede, terá a reciprocidade dele posteriormente.

42. BASTET, A DEUSA DOS GATOS

A deusa leoa, depois de haver dizimado uma parte da humanidade, apaziguou-se e se transformou em Bastet, com corpo de mulher e cabeça de gato. Na mitologia do Egito Antigo, por volta de 3.000 a.C., Bastet é a divindade solar, a deusa da fertilidade e protetora das gestantes. É a imagem do prazer, da música e do amor. As egípcias viam gatos como símbolo de beleza: imitavam o contorno perfeito do olhar deles ao pintar os seus olhos. Faraós se inspiravam no olhar felino para produzir sua influência.

O olhar transmite informação em suas vias neurais e detecta luz nos impulsos elétricos conduzidos ao cérebro. O olho direito é sensível às cores mais claras, e o esquerdo às mais escuras. A visão, no recém-nascido humano, inicia-se com um raio de visão curtíssimo em torno da face da mãe e atinge o preto e o branco dos olhos dela. A primeira relação externa do bebê com o mundo é esse preto e branco, que se faz referência indelével e afeta o conteúdo emotivo da alma. No bom seio da mãe, que o amamenta, o bebê se aconchega e se nutre ao mirar o preto e branco do olho da mãe.

Com esse inconsciente deslocado para a lingerie que a mulher usa, juntando-se o vermelho "gêmeo somático" com o branco e preto, dá soberania sobre as cores distantes, aquelas que os olhos só apreciaram quando o bebê já pode ficar de pé.

O olhar é repleto de mistérios e segredos. Disfarça ou revela desejos, contagia, hipnotiza e furta a atenção. Entre amantes, "fração de olhar" faz compreender mais que texto inteiro além de desenho ilustrativo.

Bastet, a deusa dos gatos, era associada aos poderes benéficos do Sol. Os egípcios e outras culturas antigas – maias, incas – tinham admiração pelo Sol.

De acordo com a medicina tradicional chinesa, a luz do sol no amanhecer e no entardecer amplia o comprimento de onda e, por efeito, provoca vasodilatação em determinadas áreas do cérebro, alterando sua química. É ao estimular certas glândulas que se desenvolve maior capacidade de enxergar, que se dá pela frequência de luz alcançada. No gato, sua mecânica é mais complexa e vai além: ele vê o que é invisível aos cinco sentidos. Ele enxerga no escuro e é o único animal na Terra que emite som vibratório (o ronronar) quando está em harmonia. Sintoniza seu campo com o da pessoa ou neutraliza o campo negativo. E há reconhecimento de benefício quando são acolhidos no colo. Eles dispõem de mais sentidos que o humano ou uma terceira visão. O olhar do gato acompanha o que o do humano não alcança.

O corpo do gato gira sobre movimento celular constante, e essa microvibração, ou campo eletromagnético, irradia sutil e luminosidade, de acordo com seu estado emocional. Vibração negativa atrai morte, e o gato, ao reciclá-la, neutraliza sua força e muitas vezes se isola onde descarrega essa negatividade. Hoje é comprovado e difundido que a interação com gatos ajuda a equilibrar a saúde mental no humano. Em sua magia, o gato convence seu caso amoroso com o humano. Quando o gato se senta sobre o livro aberto, por exemplo, o humano abre mão da leitura, em vez de incomodá-lo, por entender que essa é a perspectiva dele: ela é que deve ser entendida, não é o gato que deve entender o humano.

43. BOA COMPANHIA: "CACHORRA", "GATA" E O "BALAIO" ECONÔMICO

Adam Smith, filósofo e economista britânico, em sua obra *A riqueza das nações*, considera que o egoísmo move os agentes econômicos, inclusive o padeiro ao açougueiro que abastecem o café da manhã e o almoço do mundo.

Atualmente, por amor, sem motivação econômica se dão as boas companhias do cachorro e do gato. Adam viveu no tempo do massacre dos gatos, na França, puxando o fio do tempo ou um padrão algorítmico comparativo, tendo em vista que se esquece tudo, até da roupa que se vestiu no começo da semana, quando ela chega ao fim.

A memória do tempo pede registro, e referências comparativas ajudam. Smith foi contemporâneo do tempo do massacre dos gatos.

Corrobora o ditado: "diga-me com quem tu andas e eu direi quem tu és", o estudo que sugere: quem gosta de cachorro ou gato têm personalidade diferentes. Todavia sem abranger quem gosta tanto do cachorro quanto do gato e entende a perspectiva de cada um.

Esse estudo[50] foi realizado "por pesquisadores da Universidade Carroll, nos Estados Unidos. Os autores mostraram que os amantes de cães tendem a ser mais ativos e sociáveis,

---

50 Donos de gatos e de cachorros têm personalidades distintas, diz estudo. *Veja*, 6 mai. 2016. Disponível em: Acessado em: 27 fev. 2023.

e também a seguir mais regras, enquanto os apaixonados por felinos seriam mais introvertidos, sensíveis e mente aberta".

A pesquisa, apresentada em um evento anual da Associação de Ciência Psicológica (APS, na sigla em inglês), em São Francisco, foi realizada com 600 estudantes universitários. Com eles, além de responder se preferiam gatos ou cachorros, falaram sobre as qualidades que mais gostavam em seus bichos de estimação e responderam a uma série de perguntas que tinha o objetivo de avaliar sua personalidade.

Denise Guastello, professora de psicologia e principal autora do estudo, alerta o fato de que, por ter sido realizado com universitários, o estudo pode não se aplicar a todas as faixas etárias. Segundo o estudo, "as diferenças de personalidade podem estar relacionadas ao tipo de ambiente que essas pessoas preferem. Um dono de cachorro tende a gostar de sair, ver outras pessoas e levar seu animal de estimação para passear, enquanto os indivíduos introvertidos e sensíveis podem preferir ficar em casa lendo um livro".

Gatos são menos dependentes de ajuda e condutas mais rebeldes, introvertidos ou menos sociáveis, coincidindo com a idiossincrasia (peculiaridade) ou personalidade idiossincrática estudada de seus donos: resistentes às regras sociais, introvertidos e menos dependentes socialmente.

Das respostas ao questionário em sua abrangência para avaliação da personalidade e inteligência, os cientistas concluíram que amantes de gatos são mais inteligentes que os de cães.

A vida animal tem atraído reconhecimento. Em 1978, a Unesco elabora a Declaração Universal dos Direitos dos Animais.

O etnólogo francês Jean-Pierre Digard aborda o "petshismo", kit cachorro-gato-família-feliz, visão de balaio. Os laços de sangue (dos pais, na família tradicional, em relação aos filhos) não são poupados de integrar o balaio, com a fruta preferida, a menos indigesta e a totalmente indigerível, com a fecundação dispondo de campeonato, como refrão: É João! É João! E ao abrir as cortinas, em vez de sair João, é Joana quem se apresenta e a alegria que se esperava contaminar, esvazia-se.

A perspectiva da homossexualidade de filhos só revelada com o crescimento esbarra no déficit cognitivo de pais ao não entender. Em vez de apoiá-los pelo preconceito que enfrentam socialmente, somam-se ao preconceito. Conduta que abandona de quem deveria proteger.

O amor a quem o esconde na prateleira de baixo, vale menos do que o exposto na prateleira de cima. A identidade sexual de filhos à medida que indigerível contrasta à família multiespécie. A adoção do cachorro e do gato pela boa companhia que são os torna membros da família bem como entende a perspectiva de cada um deles. O cérebro social, em seu déficit, cachorro e cadela passaram a dispor de pejorativo e se torna xingamento tratar alguém pelos seus nomes, assim como é ultraje referir a alguém, em vez do nome, a identidade sexual pejorativamente.

44. CONSCILIÊNCIAS DE NOVA FAMÍLIA E A DOR DO LUTO PRECOCE

Figura 20: Álbum de quatro fotos tirado por integrantes da família multiespécie. (A) Andréa, nossa filha, com o cão Faruk, quando ele ainda era filhotinho. (B) Faruk, eu, sem camisa, Cristina, André Luís Michels Alcântara, o filho. (C) Cristina com Faruk já adulto. (D) Faruk no colo da Andréa, ele já no agouro da morte, que se deu no dia 2 de abril de 2012, com cerca de 10 anos de idade.

Faruk viveu entre nós, passou a viver em nós. Sua morte afetou Andréa, que saiu do quintal e se envolveu de corpo e alma no voluntariado animal. Junto com outros integrantes, fundou o Ação Movimento Animal (AMA), com álbum de fotos no final deste livro. Contudo, a essa altura uma série de outros membros já haviam se integrado à sua companhia, como mostrado na Figura 21.

Antes, a família original (o autor, a esposa e os filhos), ainda tradicional, teve uma cadela, Laskita, que não se adaptou ao novo espaço após uma mudança de cidade, de maneira que foi doada ao pai da esposa. A projeção de membro da família ainda estava vazia, só sendo iniciada com o Faruk. E sua saúde,

Figura 21: Álbum de fotos tiradas por Andréa Michels Alcântara. (A) Nicka, com os avós humanos, eu e a Cristina. (B) Nicka na cama. (C) Rihanna, da mesma raça de Nicka, que faz companhia a ela. (D) Maria Clara, uma vira-lata de rua veio integrar a família da Andréa, e as três netas recepcionam a avó Cristina ao abrir a porta do carro. (E) Maria Clara, deitada na cama com a mãe Andréa. (F) e G) Os felinos Morgana e Óreo, que também passaram a integrar a família.

quando abalada, ameaçando sua vida, afetou-nos. Com sua morte, deu-se o luto, e ele não era mais só um primo, como foi a Laskita.

A média estatística da vida dos pets produziu uma sequência de perdas. Alguns anos depois do luto do Faruk, foi a vez da Nicka e, seguida por Rihanna (filhas caninas da Andréa), por último, já no fechamento deste livro, Pinka (filha do autor e sua esposa), gata que foi adotada depois da morte de Faruk (seu adeus está abordado mais adiante).

A perda do movimento das patinhas traseiras da Nicka (neta) veio submetê-la a uma intervenção cirúrgica na coluna — esse risco nos desassossegou. Por cerca de 40 dias, até sua recuperação para voltar a andar, a avó, Cristina, desmarcou pacientes (ela é psicóloga), e à noite dormíamos atentos no mesmo quarto que ela.

Novas coincidências de significados nos fizeram anfitriões por cedermos um lar temporário à ninhada felina e à mãe, resgatadas depois da adoção dos filhotes. Era véspera de viagem para a casa de praia rotineiramente visitada e, de repente, inopinadamente, surgiu a indagação: "Vamos levá-la para o Guarujá?" A decisão de adotá-la estava tomada, proveniente daqueles meios olhares que só amantes entendem, mas ainda não conscientizada. A Figura 22 mostra o álbum de fotos de Pinka — também chamada de Princesa Didia, nome em homenagem à nossa filha, muitas vezes chamada de Didia — e Algodão, ainda filhotinho, também resgatado da rua e faz companhia a Pinka noutra viagem.

Figura 22: Álbum de fotos tiradas pelo casal, Cristina e Mamede. (A) Pinka com a mãe, Cristina, na varanda do apartamento. (B) Pinka com o pai; Mamede, na praia. Essa é, contudo, uma projeção humana, a nossa. Não só a Pinka, mas todos eles adotados se tornam os nossos parentes filhos, entretanto, eles sem ao menos dispor de consciência. Mas são reparentalizados, não só por integrar uma família de humanos, mas a família que deles cuida, com eles receptivos aos cuidados que não havia quando no abandono. (C) Pinka, ainda sozinha na varanda. (D) Dormindo no sofá. (E): Sobre a mesa de centro. (F): Pinka, a filha querida em empatia de olhares com a mãe Cristina. (G): Algodão no pescoço do pai. (H): Ele já maiorzinho na cadeira, enquanto a mãe está à mesa. (I): Na varanda, Pinka e Algodão ilustram que ela não mais viaja para o apartamento na praia sozinha.

Figura 23: Álbum de fotos tiradas pelo casal, Cristina e Mamede. (A) Andréa, com o Príncipe gato-irmão. (B) O Príncipe gato com seu irmão André. (C) Cristina com a filha Princesa. (D) Cristina com o filho Príncipe Algodão. (E) Pinka nas pernas do pai, Mamede, no quarto de dormir, sozinha na cama. (F) Pinka e Algodão dividem as pernas do pai, na cama.

Figura 24: Álbum de fotos tiradas no jardim da casa. (A) Algodão e Pinka brincam dentro de um tunel formado por uma casca do coqueiro. (B) Os dois gatos em caixas de papelão. (C) Eles brincam no jardim. (D a F) Algodão no meio de plantas ou escalando árvores no jardim.

45. A TROCA DO PRAZER ORAL — NOCIVO AOS ANIMAIS —, PELO PRAZER, DE MÃE NATURAL

Enquanto escrevia esta obra, demoradamente, entraram em cena esposa e filha a cultivarem suculentas com requintes de pergolados. Sem ao menos pensar sai de cena a churrasqueira transformada em pergolado.

A Figura 25 em seu álbum de fotos, simboliza um Éden, onde tudo era paz. A foto A: Cristina, minha esposa, planta suculenta. A foto B: ela brinca com os filhos felinos, o Algodão de pelagem branca e a Pinka. A foto C, a churrasqueira transformada em pergolado para beneficiar as plantas. Troca o "seio mau," a churrasqueira, em que o prazer oral é nocivo aos animais, pelo "seio bom", o pergolado que beneficia as plantas.

A vida não é uma prescrição, mas brota da concepção ainda como fermento e depois segue, sem ao menos pensar por que se conduz a isso ou àquilo. No mundo vegetal, sem alcance dos nossos sentidos, árvores sugam a água do solo e desafiam a gravidade ao fazer subir do chão essa água via troncos de tubulações complexas até as folhas, bem como, na mata robusta, a sua transpiração produz rios aéreos.

A fala, a imagem, antes de sua manifestação, de subir ao palco, entrar em cena, dá-se a vida em seus níveis de manifestação.

Nas palavras de William Shakespeare, "O mundo inteiro é um palco e todos os homens e mulheres não passam de meros

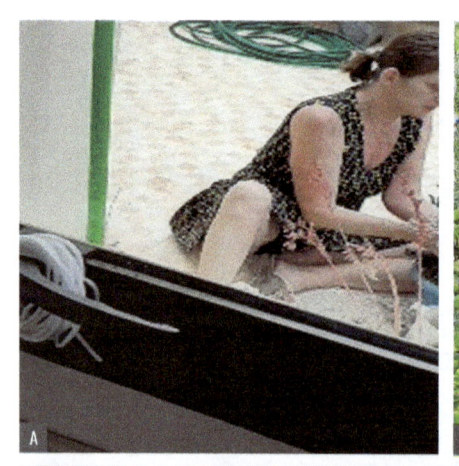

Figura 25:
Álbum de fotos tiradas pelo autor.

atores. Eles entram e saem de cena, e cada um no seu tempo representa diversos papéis...".

Numa casa em que vive uma família, os personagens entram e saem de cena. Passam a ter, além de nomes, codinomes, o filho é André Luís, mais pronunciado diante de advertência: "André Luís!". Ora é Dedeco e, no trabalho, ele é Mr. Bean. A filha, ora Didia, ora Dedeia — Andréa é só na advertência de algum desmazelo. Assim como os membros não humanos, a Princesa é chamada ora de Pinka, ora de Pinkinha; e o Algodão, ora de Gudão, ora de Gudãozinho. Sendo os últimos os novos integrantes da família multiespécie.

A identidade não se resume ao nome registrado no cartório, nem a vida ao que se percebe pelo alcance dos sentidos. A prescrição, como a de se comportar no rebanho, com cara ou focinho que não se distinguem, pelo que sente, pensa cria a solitária na qual se confina. Sair do rebanho é ato heroico. No Brasil, quando uma mulher se vestiu de biquíni e mostrou sua intimidade numa praia do Rio de Janeiro, impactou o rebanho, que fez abaixo-assinado pedido ao Presidente da República que proibisse aquela pouca-vergonha. Só sobe ao palco, expressa o que sente e pensa quem não é do rebanho.

Pense ou não como Shakespeare, o palco da vida se dá, a velharia que se escandalizou com o biquíni saiu de cena, hoje está a sete palmos, sem subordinar as convenções, a chuva cai, e junto ao arco-íris e à lua cheia se surpreende. Sem ao menos pensar em seu êxtase com a natureza, a mulher de vestido deixa-se mostrar ao dar lance como se estivesse na praia. Lá, o rebanho que se escandalizava já saiu de cena.

A sabedoria da natureza programa biologicamente o que entra e o que sai de cena. Despede-se da juventude, entra em cena o velho, despede-se do velho, entra em cena a vida na tumba. A manifestação de ordem emotiva, entretanto, indispõe de programação ortodoxa, em suas verdades, apenas elas, as certas. As coincidências de significados falam mais alto.

46. LUTO COM CREPÚSCULO

Figura 26: Detalhe de teto em cômodo do Palácio de Versalhes, na França. Foto: Cristina Michels de Alcântara.

"Eu luto" é batalha. "Luto" é estado emotivo derivado do latim *luctus*. "Us" significa um sentimento gerado por perdas, separação e/ou rompimento. O crepúsculo, sem visão de luto, a cada passo do tempo que se dá pela medida do tempo, como entre a noite que se vai e o dia que chega, antes deste se firmar, a imagem produzida da luz solar sobre as impurezas na atmosfera cria o crepúsculo.

As fases da vida são como imagens entre um dia e o outro que mudam. Na infância, sua imagem muda aceleradamente, mas há muito chão à frente. Ao avançar, com escassez adiante, despede-se da juventude que se guarda na memória dos olhos.

O homem se apaixona por sua imagem efêmera e cria seu calcanhar de Aquiles. O cachorro e o gato, seus companheiros, nascem e morrem sem ser narcisistas.

O imenso palácio do Panteão Grego, onde os deuses viviam no Monte Olimpo, o mais alto de toda a Grécia, acima das nuvens, não foi uma realidade, mas manifestação de ordem emotiva do homem, com ela o ser humano destrói sua realidade da finitude em seu transitório com o desfecho do pó da morte. Mito é imaginação, reflete desejo, no dodecateão (os 12 deuses olímpicos), a deusa Afrodite traía o deus Hefesto, seu marido, com o deus Ares. Todos os deuses se alimentavam de ambrosia e bebiam néctar, alimentos exclusivamente divinos, ao som da lira de Apolo, do canto das musas e da dança das garças.

A morte dos pets "de rua" é a vida que não é importante, ninguém chora por ela, não há luto. Produziria mais sensibilidade do humano com a vida não humana, das cinzas oriundas do crematório para os membros pets, individualizadas, alçadas aos ventos. A cena sublima a dor de quem se despede e valoriza quem parte. Contudo, crematórios públicos para pets não têm propósito público e assim sacramentam as posições de existir.

Palácios como o de Versalhes, Figura 26, foram a realidade para quem nele morou, sonho para quem só o conheceu depois que ninguém mais morava por lá. Sonhar dá força à vida: sem sonho a vida brocha se restringe a um cadáver ambulante.

47. A FINITUDE DO TRANSITÓRIO DÁ-SE A QUEM É VIVO

A natureza provoca marcas do tempo mais acentuadas no homem do que no cachorro e no gato, membros da família multiespécie. Rugas e pés de galinha são como roupas velhas que a natureza dá tomando as novas.

A embalagem que o corpo que desbota, assim como a capa de um livro oferece a opção do seu conteúdo e que é o sujeito que não envelhece, embora seu engenho físico desça ladeira abaixo, ainda assim, faz motivo de gratidão à dádiva que é a vida que se vive. O tempo é a moeda mais valiosa, e a sua consciência restrita ao homem, com o espírito avivado vê os dias à frente cada vez mais escassos e os avalia como diamantes preciosos.

A vida numa mesma família com membros pets, eles com menos tempo de vida do que nós. Despedir-nos deles provoca o avivamento da então adormecida consciência do que é um sopro. Transitório. Aviva o espírito "EnvelheSer"; tornando-o nítido, desperto e com mais vigor. Sem se desperdiçar com o inútil. O "ser" útil, de valor, vive sua vida sem "jogar pedra" no que não é da sua conta, a não ser que prejudique o indefeso, como pelo abandono e crueldade com um cachorro ou gato.

No filme *Uma linda mulher* (1990), Julia Roberts interpreta Vivian Ward, garota de programa, e Richard Gere faz o empresário Edward Lewis. Esse filme foi sucesso de bilheteria. Tanto quem paga como quem recebe prostituem, contudo, "joga-se pedra" só em quem oferece o corpo objeto mercadológico. O filme mencionado não recebeu o título de "uma linda puta", mas de *Uma linda mulher*, protagonizando a visão útil, não a inútil.

A vida com a qual dividimos a nossa, a do cachorro e a do gato, em seu minimalismo de não se ver feios nem a nós, o pôr de sol deles, quando partem sem aviso, tira o chão firme no qual pisávamos.

48. PÔR DO SOL "SEM AVISO"

Figura 27: Pôr do sol visto da praia. Foto: Andréa Michels Alcântara.

Pôr do sol sem aviso
Nem retornar no dia seguinte
No intervalo está a vida
Sem data para a despedida.

Figura 28: Álbum de Foto: Andréa Michels Alcântara. (A) Nicka. (B) Andréa, com a Nicka sua filha e nossa neta.

Notícia inesperada vira a vida ao avesso, deixando tudo sem chão, terreno e linguagem desconhecidos. Nicka não mais voltou da clínica. Nada nos havia abalado tanto até então. O consolo da neta e da filha queridas que foi é pouco.

A coincidência fotográfica na Figura 27, uma pequenina estrela a se pôr junto ao pôr do sol, é a lembrança de um tempo que não volta. Triste demais. Para nós, mais de um ano depois, no fechamento deste livro, continua sendo insuperável. É uma parte do nosso ser que se foi.

Texto de Andréa Michels de Alcântara (mãe da Nicka), postado no Instagram, em 1 de maio de 2021.

"O mês de maio acorda melancólico, mostrando que da vida só levamos as lembranças. O céu, que permeou a última foto dela, e que no dia anterior preparou com delicadeza sua chegada, recebe agora a rainha!

Negrinha, de carinha açucarada pelos 13 anos em seu corpinho já judiado, mas que ainda assim sorria… Hoje, a Nicka se foi, com sua generosidade de sempre. Ontem, todos nós fomos vê-la (meu pai, minha mãe, Andrei e eu), e ela fez, pela última vez, o que sempre fez: unir. Porque ela tinha cara de férias. E a alma de férias.

Ela ensinou meu pai a amar os animais. E, depois dela, toda vez que eu perguntava: "Pai, você me ama?", e a resposta dele era: "Igual a Nickinha". Ontem vi nos olhos da minha família o quanto ela era grande. E é, em todos os sentidos.

Meu coração chora dilacerado de gratidão por ter tido a oportunidade de ter aqueles olhinhos lânguidos despejando amor incondicional ou, no máximo, em troca de um petisco.

Na terça, quando tudo começou, ela veio aqui, na porta do quarto, me sinalizar que algo não estava bem. Porque ela era assim. Ela falava. E vai continuar falando. E eu vou continuar cantando para ela: "Você não passa de uma Kiquers, Kica kica Kica...".

Ontem, esperando para encontrá-la, vi-a pela frestinha da porta, assim, imóvel. Eu sabia que tinha chegado a hora. E ela veio em sonho me dizer que estava indo.

Gratidão, Nicka d'Mondpartner, por 13 anos de um amor inigualável. Espero que Laskyta, Faruk e Duque lhe ensinem todos os cantinhos dos campos de amor. Quem sabe lá tenha suculentas... A casa fica mais vazia. Mais silenciosa. Mas em paz, já que o sofrimento acabou. Porque você é e merece amor. Só amor."

O QUÃO DOÍDO ACOLHER A DOR

O texto anterior reflete a emoção sem objetivar integrar o conteúdo deste livro. Mas o fizemos. Para nós, esse foi o sentimento.

Ainda na clínica
Impotência desesperante.
A implorar; 'não se vá!'
Ela vai. Dói.
E a dor muda
Quem tem de mudar.

Sete anos atrás, na cirurgia de coluna de Nicka (essa neta que agora se foi), fez-se imprescindível nos deslocarmos até outra cidade atrás de recurso (ressonância). E, apesar da distância, a assistência rápida integrou a chance de recuperação. Recuperada, houve a gratidão por ela não ter de usar, em seus quase 13 anos de vida, cadeira de rodas.

Durante sua recuperação, após a cirurgia, a circunstância tornou-se uma fonte de inspiração ou concepção desta obra; ainda estava vazia de conteúdo para embasá-la, todavia ele cresce. E agora, com sua despedida, a ficha caiu: o que mais importa são as identidades que ela possa ter.

Nicka, em seus encantamentos, nos uniu, assim como em seus pedidos de socorro motivados pela dor, com arrebatamento e vitória que a pouparam de ter de recorrer à cadeira de rodas após cerca de metade de sua vida. O seu pôr do sol com o depoimento da filha dá acabamento ao livro. Parte de nós, parte junto com ela. Para Nicka, no entanto, é sua vida inteira que se vai, sem aviso. Este é o livro das voltas que a vida dá, que leio enquanto presentifica a dor e externamente o escrevo.

E assim, pouco mais de um ano após o desfecho da Nicka, em 27 de maio de 2022, novo pôr de sol da neta pet Rihanna.

Novo texto da Andréa (postado no dia seguinte, quando sua filha Rihanna se foi).

"Rihanna de mondPartner

Ela nasceu com nome e sobrenome, mas o que ela mais tinha pedigree nessa vida era em dar amor. E ser teimosa. Afinal, não é porque se foi que virou santa.

Rihanna viveu em um mundo paralelo. Às vezes eu tinha dúvidas se ela sabia que estava neste planeta realmente. E quando voltava pra Terra, ou estava resmungando ou estava fazendo amiza-

Figura 29:
(A) Rihanna, filha canina da Andréa. (B) Oréo, seu filho felino. Fotos: Andréa Michels Alcântara.

de. Porque ela fazia amizade com qualquer coisa que se movesse. E por muitas vezes fui ao quintal acudir seu choro, e era sua frustração, porque o calango do muro não quis amizade com ela.

Foi ela que primeiro acolheu a Morgana. Foi ela que trouxe o Óreo para a família. Para ela não tinha raça, pedigree — ou seja lá o que for. Mexeu, pode vir.

Ela me ensinou sobre não julgar. Sempre olhei para ela como a mais fraca. Mas nesse jeitão dela, superou todos os desafios que apareceram com maestria.

Ultimamente, seu apelido era "Pé na cova", porque ela gostava de bater na trave e voltar, rejuvenescida e atrevida. Sete vidas é pouco para ela.

Ela foi amor, e tudo que ela queria era apenas um cantinho macio para deitar, um cafuné e comida. E tenho certeza de que dentro do nosso possível ela foi muito feliz.

Hoje foi o dia de ela partir, porque não faz razão ela fazer hora extra, em sofrimento, se sempre derramou apenas puro amor. E mesmo com uma lesão na cervical que a impedia de se mexer muito ou ficar de pé, ela abanou o rabo ao me ver entrar.

Essa é a Rihanna. Claro que sua última demonstração por mim seria de amor e não de dor.

E, entre amor e dor, eu vi esses olhinhos se fecharem e o coraçãozinho doce e teimoso parar de bater. Que bom que eu pude estar ao lado dela.

1 ano e 25 dias depois da partida da Nicka, se encerra a temporada dos Basset Round na minha vida. Com muito amor no peito. Eu sei que vão ficar só as lembranças deliciosas. Mas, por ora, gordinha, a casa está vazia e silenciosa sem você.

Vá com Deus, Gôda Gôda. Mamãe te ama."

Figura 30: (A) No meio, Cristina, minha esposa, ladeada pelos pais da Rihanna (Andrei e Andréa), no colo do Andrei, a filha Maria Clara. (B) A despedida diante do pôr do sol. Foto: Andréa Michels de Alcântara.

A DOR SEM PREPARO DE ACOLHÊ-LA

Não aprendemos nem nos preparamos para acolher a dor. Em apenas quatro meses após o adeus da segunda neta pet (Rihanna), em 27 de setembro de 2022, novo pôr de sol, desta vez, da filha felina, Pinka. Mais de três meses se passaram na revisão deste livro e o luto vivido ainda é doído demais e sem saber quando será suave.

Texto da Andréa (nossa filha), que desabafa no Instagram no mesmo dia (27 de setembro de 2022), do pôr de sol da Nicka.

Assim Andréa o descreve:

135

Figura 31:
(A) Pinka com seus filhotes.
(B) Ela com a irmã Andréa.
Foto: Andréa M. Alcântara.

"Ela chegou de repente.

Uma gatinha de rua, quatro filhotes em risco, sem destino certo.

Depois de 2 anos sem animais, mas já envolvida pela causa animal, minha mãe aceitou cuidar dela por alguns dias, até um LT [lar temporário] surgir.

'Ah, mas será que eles vão cuidar direito?', foi a pergunta que ecoou dela quando arrumei um local, dois dias depois.

E ela ficaria até doar os filhotes.

Depois até secar o leite.

Depois até castrar.

E assim, a Princesa — Pinka para os íntimos — ganhou seu espaço na família. A adoção oficial veio em uma viagem para praia, porque ela não veio na vida para meio termo.

De magricela à gordinha sem pescoço, sempre foi dócil, na dela, quieta e discreta. Um dia ganhou um irmão, chato e pentelho, que só mostrou que ninguém tira ela de sua paz, mesmo tendo que mostrar os dentes e marcar seu espaço.

Ela era da minha mãe, mas ganhou o coração do meu pai. Pinka sempre foi o amor escancarado do "papi", dividindo o pódio com a Nicka. E ela sabia exatamente que ele era dela, quando forçava ele a sair do computador para dar comida ou o tornava imóvel a noite inteira, para não incomodar o sono dela, entre as pernas dele.

Há alguns meses, por acaso, encontrei uma massa na barriga dela. E a partir dali uma saga de amor e medo começou. Porque por mais que a gente saiba no racional que os ciclos têm começo e fim, a gente não quer o fim do que ama.

'Era uma filha, e pais não nasceram para enterrar filhos', meu pai disse há pouco.

Todos nós estamos aqui para aprender sobre amor e amar. E por vezes, na dor, percebemos o tamanho dessa palavra tão pequena.

Mamãe sacrificou noites cuidando, fazendo tudo e mais. Papai suprimiu o medo, o quanto pode.

Logo após se despedirem ao fechar os olhinhos dela, vi meus pais humanos. Que choram. Vi meu pai falar sem parar por uma hora para não olhar para dor, e minha mãe sagaz olhando 'para os aprendizados'.

Vi 'amor'. Muito amor.

Quatro meses exatos após a Rihanna, hoje o céu azul como seus olhos recebeu a Pinka.

Em 8 anos, ela mudou a vida dos meus pais. Para sempre.

E tenho certeza de que ela via muito além de seus olhinhos vesgos. Porque ela era amor, e só. E amor não acaba.

Para sempre, Pinka".

Mais que a filhos humanos, nós projetamos a nossa personalidade nos filhos não humanos e eles se tornam receptivos, nessa simbiose que não rompe. Ao morrerem, levam uma parte de nós. E despedir-se de si mesmo, no que de si morre, é doloroso demais. E ainda mais para se narrar, pois é narrar parte de si que morreu.

O que fica de tudo isso. Integrantes humanos, primos distantes do ativismo da causa animal e da família multiespécie, são irmãos.

49. OLHOS-SOL

Figura 32: (A) Dois sóis. (B) Olhos de Cristina. Fotos: Cristina Michels de Alcântara.

Olhos-sol vislumbram mistérios e segredos da janela da alma. Eles superam os olhos-órgãos, que detectam a luz e transformam-na em impulsos elétricos conduzidos ao cérebro.

O pressuposto de que a vida em nosso planeta se iniciou totalmente cega, quando não havia olhos, e que o beijo suave do Sol sobre a Terra e o mar fecundou todos os olhos conhecidos hoje se limita a apenas isso, pressuposição.

No útero, todavia, é real só haver trevas, visto que os olhos ainda não enxergam, embora programados para detectar a luz depois do nascimento. Inversamente, na trajetória de vida, um dia os olhos se fecham; nesse dia, é o sol que se põe sem voltar no dia seguinte.

Na Figura 32, na foto A, há dois sóis, um grande e outro minúsculo — uma coincidência fotográfica. Na outra foto (B) da composição, os olhos que não se restringem aos órgãos do sentido, não só por criar os olhos da memória (a alma), mas pela magia e pela arte no olhar.

Do significante concreto, como da boca, do ânus e dos genitais tira-se a alma do homem, é o reconhecimento abstrato dos "olhos-sol" em seu destaque.

As ações voluntárias abrem a porta da prisão perpétua até que morram, para o cachorro e o gato; a vida que não dispõe de sonho, morre sem fazer falta, sem luto, por não ser importante, surgem os olhos-sol.

A crucificação dos pets: segundo a Organização Mundial da Saúde (OMS), no Brasil, há mais de 30 milhões de cães e gatos abandonados. E o Conselho Regional de Medicina Veterinária do estado de São Paulo (CRMV-SP) concluiu que a negligência da guarda e a ausência de políticas públicas compõem o eixo central do problema.

Junta-se ao ativismo animal, o ativismo autoral da obra, fazendo-lhe uma homenagem.

UNIÃO OLHOS-SÓIS

Sob a friagem, sem lençóis
Cachorro ou gato!
Quem os aquece?
O brilho pelo ato.
Fotografado nos olhos-sol
Em suas ações estelares.

Figura 33:
Álbum de fotos do AMA. Fotos: Andréa Michels de Alcântara, sua integrante fundadora. Álbum União Olhos-sol para novos grupos.

"União olhos-sol": A Figura 33 mostra integrantes do Ação Movimento Animal (AMA), nome com as mesmas iniciais da filha Andréa Michels Alcântara. E esse é o álbum de sua colagem de fotos no registro da comunhão de suas ações estelares. Depois delas, há o espaço para outros grupos do voluntariado.

Esta obra foi composta em Chaparral Pro 11 pt e impressa em papel offset 90 g/m² pela gráfica Meta.